Inter-cultural Communication

跨文化传播

The Interpretation of Myths of Heracles

赫拉克勒斯神话品析

王亦高 著

中国出版集团
中译出版社

图书在版编目（CIP）数据

跨文化传播 ：赫拉克勒斯神话品析 / 王亦高著 . -- 北京：中译出版社，2023.2
ISBN 978-7-5001-7255-0

Ⅰ. ①跨… Ⅱ. ①王… Ⅲ. ①神话－文学研究－古希腊 Ⅳ. ①I545.077

中国版本图书馆CIP数据核字(2022)第236208号

跨文化传播：赫拉克勒斯神话品析
KUA WENHUA CHUANBO : HELAKELESI SHENHUA PINXI

出版发行 中译出版社
地　　址 北京市西城区新街口外大街 28 号普天德胜大厦主楼 4 层
电　　话 (010)68359373, 68359827（发行部）68357328（编辑部）
邮　　编 100088
电子邮箱 book@ctph.com.cn
网　　址 http://www.ctph.com.cn

出 版 人 乔卫兵
策划编辑 郭宇佳　赵　青
责任编辑 邓　薇
文字编辑 赵　青
封面插图 董宜人
装帧设计 潘　峰
营销编辑 张　晴　徐　也

排　　版 北京竹页文化传媒有限公司
印　　刷 北京中科印刷有限公司
经　　销 新华书店

规　　格 850 毫米 ×1168 毫米　1/32
印　　张 8.75
字　　数 112 千字
版　　次 2023 年 2 月第一版
印　　次 2023 年 2 月第一次 印刷

ISBN 978-7-5001-7255-0　定价：79.80 元

献给已在星空中的妈妈

序

存　异

一

夜幕降临，繁星隐现，人们便开始仰头凝望夜空了。无论何时何地，一旦凝望，人们便很可能会从一种心境转变成另一种完全不同的心境。天下最真挚的感情很可能就产生于人们仰望星空的时候，人们对于星空的热爱用语言恐怕难以形容。又有哪个孩子不曾在温暖而晴朗的夜晚，做过“数星星”这种天真而又疯狂的事情呢？虽然人们永远也无法数清星星到底有几颗，但是这并不妨碍人们凝望星空。

古希腊神话传说中曾提及，直立行走之所以是人独有的特征，正是因为人与动物不同，人类不仅仅向下盯着大地，更会举目自由凝视和观测天空中的星辰！亨利·戴维·梭罗（Henry David Thoreau）在其著作《瓦尔登湖》（*Walden*）一书中曾有过如此动人心魄的诘问与慨叹：

> 在宇宙各种各样的星宿中，有着多遥远而又不同的生命在同一个时间凝望着同一颗星星！大自然和人生正如我们不同的体制那样各不相同。谁说得准，生活会给别人提供个什么样的前途？还有什么比我们彼此的目光一瞬间的对视更伟大的奇迹吗？①

在这浩瀚星空之中，有一个星座特别引起人们的遐想：武仙座②。按照古希腊神话的说法，武仙座的原型就是赫拉克勒斯（Heracles）。本书的主旨与初衷，就是想和读者们详细说说赫拉克勒斯神话。

赫拉克勒斯的神话离我们中华文明很遥远，大概算得上是典型的"异文化"。为什么要品析诸如此类的"异文化"呢？日本文化学者青木保曾给出了一个答案："理解异文化的

---

① 〔美〕梭罗著《瓦尔登湖》，许崇信、林本椿译，译林出版社，2011 年，7 页。

② 武仙座（Hercules），北天星座之一，星图如赫拉克勒斯举剑挥向九头蛇许德拉。详见《希腊神话全书》第三卷《英雄记：赫拉克勒斯》第 58 页，中译出版社 2021 年 3 月版。——编者注

意义之一，就是在异文化中发现我们自己曾有或缺的东西，然后来重新探究那些东西在本土文化中业已消失的原因。这意味着异文化不单单是一种珍奇的存在，而且是重新审视本土文化的一个机会。”①

作为土生土长的中国人，了解古希腊神话故事就是了解异文化，而这种了解也可以给我们认识中国文化带来全新的契机。本土文化的重要特征对当地人来说再熟悉不过，甚至熟悉到了很难在某种应有背景的衬托下对其进行观察与反思的地步——而这种观察与反思又是十分必要的。譬如，我们在后文会提到，古希腊神话似乎反映了一种淡化生殖关系的倾向，也只有从这个视角出发，我们才能在回顾自身的过程中，真切体会中国传统文化是何其关注生殖关系并对生殖关系加以强调的。

德国哲学家马丁·布伯（Martin Buber）曾高屋建瓴地指出，每一种文化其实都是在彼此交融中建立起来的，而这种文化间的交流与融通是某一文化得以臻于鼎盛的必要条件。任何一种文化的发展都很难单独而孤立地进行，它总会受到其他文化的影响。马丁·布伯在《我与你》（*I and Thou*）一书中提道：

① 〔日〕青木保著《异文化理解》，于立杰等译，中国青年出版社，2008 年，65 页。

> 文化类型表面上固然相互独立，但它们在其发展历程的某一阶段总要承受其他先在文化的历史影响，“它”之世界由此渗透入每一文化。此阶段不必是某一文化产生的初期，但它肯定存在于它鼎盛时期之前。它可能直接承受同时代之异文化，如希腊人接受埃及世界；它可能间接承袭已成历史陈迹的异文化，如基督教文明接受希腊世界。这样，各文化不仅通过其自身的经验，也通过汲取他文化之经验而扩展其“它”之世界。①

根据马丁·布伯的说法，对异文化的了解是一种认识自身乃至成全自身的途径。在新时代的文化工作中，我们往往面临着如何处理国家认同和民族认同的问题。因此，我们应当去了解、思考、探索不同文化间的差异与共性，知己知彼，内外联动，解决好跨国、跨民族、跨地区共同体意识的构建问题，促进各民族及文化间的相互交融，铸牢中华民族共同体意识，这才是我们应该拥有的立场与情怀。“我们栖居于万有相互玉成的浩渺人生中”！②

---

① 〔德〕马丁·布伯著《我与你》，陈维纲译，商务印书馆，2015 年，37 页。

② 同①：19 页。

二

读者往往会问一个问题：神话不过是虚构的故事罢了，它值得我们如此品鉴与欣赏吗？答案当然是肯定的。

神话并不纯然是虚构故事，而是与上古人民的普通生活息息相关。路易斯·亨利·摩尔根（Lewis Henry Morgan）在《古代社会》（*Ancient Society*）一书中写道："在荷马时代，希腊部落已经取得了无数重大的进步成绩。他们已经知道所有的常用金属……他们已经发现了各种主要的谷物……他们已经像前文所提到的那样成群成批地饲养狗、马、驴、牛、猪、绵羊和山羊。"[①] 而马、牛、羊等动物，恰恰是古希腊神话中钟爱的动物形象。有学者干脆这样描述："荷马不论举出什么例子，看上去都似乎是只有猎人和牧人才会举的例子。"[②]

① 〔美〕路易斯·亨利·摩尔根著《古代社会》（上、下），杨东莼等译，商务印书馆，1977年，39页。若把眼光放得更长远一些，人类对大型哺乳动物的驯化，其实说来说去，也就这么几种。驯化工作从公元前1万年左右开始，到公元前2500年左右结束。公元前2500年之后，就再也没有出现过任何有重大意义的动物驯化了。驯化的动物主要是：狗、绵羊、山羊、猪、牛、马、驴、水牛、（不同种类的）驼。参见〔美〕贾雷德·戴蒙德著《枪炮、病菌与钢铁：人类社会的命运》，谢延光译，上海译文出版社，2016年，161页。

② 转引自〔美〕M. H. 艾布拉姆斯著《镜与灯——浪漫主义文论及批评传统》，郦稚牛等译，北京大学出版社，1989年，409页。

如是，随之而来又有一个问题：这里仅提及了“猎人”与“牧人”，怎么独独不提“渔人”呢？这个问题提得颇有见地。在古希腊的神话中，祭献给神祇的祭品一般都是上好的牛肉，广义说即兽肉，而绝不是鱼肉。希腊人虽与大海那么亲近，但似乎只钟爱兽肉，不怎么钟爱鱼肉，祭献给神祇的好东西自然不可能是鱼肉。甚至就普通人而言，鱼肉也不是“可吃”之物。以整部《伊利亚特》(*Iliad*)的叙述为例，虽然阿开亚人在海边开展了长达10年的特洛伊战争，鱼却很少被端上餐桌。在整部《奥德赛》(*Odýsseia*)中，仅有两处提到吃鱼，并且只有在“受逼于辘辘的饥肠”“饥饿逼挤肚皮”时才会去吃。[①] 虽然可以说，这就是一种独特的风俗，但我们同样必须承认，风俗的产生也必有其特定的风土背景：地中海虽然是广袤的海，却没有丰产的鱼。

对这个说法持比较笃定态度的，要数日本学者和辻哲郎(わつじ　てつろう)。和辻哲郎认为，地中海的真髓恰恰是：“大海本是丰饶的，而地中海则是贫瘠之海，它给人以荒凉的印象绝非偶然，它缺少海鲜，是海之沙漠。所以，地中海沿

---

① 参见〔古希腊〕荷马著《奥德赛》，陈中梅译，译林出版社，2012年，93–94页、322页。

岸一带的渔业、水产业不发达也是极为自然的。”[1]就此问题，《光荣属于希腊》（*The Glory That Was Greece*）一书中的说法却有所不同。该书认为，古希腊人吃鱼，但吃的是“咸鱼”，而且明确提到“雅典沿海也有人从事渔业，但直至公元前7世纪雅典还是以农业为主”。[2]当然，就这个问题继续展开还有其他更加复杂的见解。譬如，有一种观点认为，或许因为鱼类在某种程度上能为海船导航，所以鱼类可被视作船员的“帮手”，那么吃掉“帮手”总归是不太好的，故而希腊人极少吃鱼。

如果循着这个思路展开，在赫拉克勒斯神话中，奇怪一些的动物恐怕要属螃蟹、狮子、蝎子等。这些动物既不可能在日常生活中被豢养饲喂，也极少在当时被端上餐桌。但考虑到希腊的地理特质，经常看到螃蟹事实上也不足为奇。希腊本就是个海岛国家，螃蟹又有什么可稀罕的呢？相对而言，狮子的问题确实要复杂一些。[3]实事求是地讲，亲眼见过狮子的古希腊人恐怕寥寥无几。古希腊人对狮子的热衷折射出

① 〔日〕和辻哲郎著《风土》，陈力卫译，商务印书馆，2006年，58页。

② 〔英〕J. C. 斯托巴特著《光荣属于希腊》，史国荣译，上海三联书店，2011年，6页、115页。

③ 希罗多德对“狮子能否被看到”的问题有一些更为详细的解说与考证。参见〔古希腊〕希罗多德著《希罗多德历史》（上、下），王以铸译，商务印书馆，1959年，602页。

某种其与异国他乡进行过文化交流的痕迹，特别是古希腊与北非国家（譬如埃及等）的交流。蝎子之所以也能占据神话一隅，或许也和这种交流有关，因为蝎子在非洲出现得更多、更频繁，当然顺带着也必然扮演了非洲神话里的一个不可或缺的角色，非洲神话显然也极大地滋养了希腊文明。[①]

这些人类熟悉的动物在漫长的文明演进过程中，逐渐被描述为神祇的直接化身，或者衍生为半人半兽的伟岸英雄（如赫拉克勒斯的恩师[②]），或者升华为某种具有不可揣测之力的灵牲神兽。接下来，这些神祇、英雄、灵牲、神兽便会反过来指导人们的日常生活，甚至渗透于生活的每个细节和角落。这一点不仅存在于赫拉克勒斯相关的神话里，整个古希腊神话传说都俯拾皆是。

神话必然根植于人民群众实际生活的丰饶土壤中。对于这个观点，袁珂先生讲得已经十分显豁了："神话实质上也

---

① 德国哲学家马丁·布伯讲过这个问题，希腊文化对埃及文化的接受，乃是某文化"直接承受同时代之异文化"。参见〔德〕马丁·布伯著《我与你》，陈维纲译，商务印书馆，2015 年，37 页。

② 一般指智者人马喀戎，他同时也是依俄尔科斯王子伊阿宋等人的老师。阿波罗多洛斯在《书库》中记载："赫拉克勒斯由安菲忒吕翁教他赶车，奥托吕科斯教摔跤，欧律托斯教射箭，卡斯托耳教兵甲战，利诺斯教弹竖琴。"此版本中并未提到人马喀戎的存在，因此也有可能古希腊神话在口口相传的过程中发生了演变，不同的神话版本有不同的描述。——编者注

可以被看作人话。”[1] 神话，正是人的境况的开放式的、无结论的、寓言式的、延展式的表征。正如爱德华·伯内特·泰勒（Edward Burnett Tylor）在其著作《原始文化》（*Primitive Culture*）中提道：“用神话作为研究人类思想的历史和发展规律的一种手段，是一门科学。”[2] 研究神话及其背后隐藏的种种信息，无疑能对研究上古历史产生一个良好的契机。

三

诚然，古希腊神话也存在着无可回避的“历时性”问题，即是说，神话的成型也有其源流与脉络，有些内容出现得比较早，有些内容则出现得比较晚，彼此纠葛融鉴，有其“派”，亦有其“汇”。但到底孰前孰后、孰派孰汇，研究古希腊神话的学者们仍然在孜孜不倦地求证中，尤其是研究诸如赫拉克勒斯这样的“主要人物”/“关键人物”的相关神话。作为一本并非研究神话源流的书籍，我们也“只是平铺直叙地讲

① 袁珂著《中国神话传说》，北京联合出版公司，2016 年，4 页。

② 〔英〕爱德华·泰勒著《原始文化：神话、哲学、宗教、语言、艺术和习俗发展之研究》，连树声译，广西师范大学出版社，2005 年，225 页。

故事，并且因为我们是从整体上来把握古希腊文化，所以也不必小心翼翼地甄别远古神话和后来增添上去的新成分”[①]。英国知名社会人类学家、历史学家杰克·古迪（Jack Goody）下面的这段话值得我们深思：

> 希腊的神话也同样如此，我们现在所选取的研究对象也只是某一时段被记录下来的权威样本，有大量潜在未被记录在案的版本却“付之阙如”，它们也曾被呈现过，只是未被记录下来而已。[②]

宕开一笔，杰克·古迪还发现了一个有趣之处，即中国与希腊在某个问题上有着令人惊讶的一致性——“没有唯一的书写宗教”。他坚持说：

> 在书写文明出现的第一个五千年里，多数人的阅读与书写能力都是在庙宇、教堂、清真寺中习得的。教士就是教师，难免会把宗教文本当作教学的主要部分。唯

---

① 〔德〕莎德瓦尔德著《古希腊星象说》，卢白羽译，华东师范大学出版社，2008 年，15 页。更详细的论述可参见〔英〕J. C. 斯托巴特著《光荣属于希腊》，史国荣译，上海三联书店，2011 年，76 页。从社会学性学的角度探讨古代神话的修改，可参见〔美〕坦娜希尔著《历史中的性》，童仁译，光明日报出版社，1989 年，49–50 页。

② 〔英〕杰克·古迪著《神话、仪式与口述》，李源译，中国人民大学出版社，2014 年，6 页。

> 一的例外是希腊与中国，这两个社会没有唯一的书写宗教，不像近东地区与印度那样。在希腊与中国，教育过程能够享有更大自由，这对所使用与讨论的主题会产生影响。①

中国与希腊的这种情况，非常值得深思。“更大自由”的后果也很难一概而论。从普遍积极的意义上说，因为有了“更大自由”，或者说，因为“没有唯一的书写宗教”，中国与希腊在漫漫的历史长河中都始终持有更趋宽容而温和的宗教政策，而这种政策带来了一个良好的结果：无论是中国还是希腊，都没有爆发过大规模的宗教战争，也没有因为宗教信仰的纷争而大肆屠戮百姓。

本书成书之时，正值中希友好建交50周年。中国和希腊两个文明古国早在2000多年前就通过古丝绸之路联系在了一起。在历史发展的长河之中，两个古老的文明一直相知相亲，这也是得益于两国善用古老文明的智慧，以极大的文化包容力互相欣赏、互相帮助。中希友好建交50年，是和平合作的50年，也是携手发展的50年。我们期待中希两国

---

① 〔英〕杰克·古迪著《神话、仪式与口述》，李源译，中国人民大学出版社，2014年，154页。

续写东西文明并肩而行、互融互鉴的新篇章！

接下来，就让我们一起勇敢地步入波澜壮阔的赫拉克勒斯神话，去游历、回溯一番那荡气回肠的英雄史诗吧！

目　录

C O N T E N T S

第一章

降世

1

大家熟悉的英雄赫拉克勒斯（Heracles）是神王宙斯（Zeus）与迈锡尼公主阿尔克墨涅（Alkmene）所生的儿子。古希腊著名诗人赫西俄德（Hesiod）在《神谱》（*Theogony*）中如是传颂道："美踝的阿尔克墨涅的勇敢之子赫拉克勒斯杀死了这只大鹰。"[①]《伊利亚特》（*Iliad*）同样写道："（宙斯）和忒拜的阿尔克墨涅睡觉，后者生子赫拉克勒斯，心志强豪。"[②]

阿尔克墨涅是迈锡尼城的缔造者珀耳修斯（Perseus）的孙女，迈锡尼国王厄勒克特律翁（Elektryon）的女儿，底比斯国王安菲忒吕翁（Amphitryon）的妻子。据传，这位公

① 〔古希腊〕赫西俄德著《工作与时日 / 神谱》，张竹明、蒋平译，商务印书馆，1991 年，42 页。

② 〔古希腊〕荷马著《伊利亚特》，陈中梅译，译林出版社，2012 年，330 页。复可参见〔古希腊〕荷马著《奥德赛》，陈中梅译，译林出版社，2012 年，284 页。

主“身材高挑，仪表庄重，堪称是当时世界上最美丽、最聪慧的女子……具备了女性所有天生的优雅，注定要成为英雄的母亲”[①]。宙斯对明艳动人的阿尔克墨涅一见倾心，化身为她的丈夫安菲忒吕翁并与她交合，生下了强大的赫拉克勒斯。

珀耳修斯是宙斯与花容月貌的公主达娜厄（Danae）的儿子。宙斯化作金雨与达娜厄交合后，达娜厄——这位阿尔戈斯（Argos）国王阿克西俄斯的女儿生下了珀尔修斯。这样算来，阿尔克墨涅就是宙斯嫡亲的重孙女了。不过，宙斯似乎并不在乎也不关心其中的“血缘”关系。

或许是古希腊的国王喜欢吹嘘自己是宙斯的儿子，或许是古希腊人愿意相信英雄和伟大领袖的父亲是一位神祇。英国著名古典学者 H. D. F. 基托（H. D. F. Kitto）曾有这样一句名言：“在荷马的英雄中，绝大部分往上追溯三代，就到了一位神祇。”[②] 谁说不是呢？英国著名历史学家阿诺德·约瑟夫·汤因比（Arnold Joseph Toynbee）干脆就以赫拉克勒斯

---

① 〔希腊〕莫奈劳斯·斯蒂芬尼德斯和雅尼斯·斯蒂芬尼德斯著 / 绘《英雄记：赫拉克勒斯》，《希腊神话全书》（典藏版），彭萍等译，中译出版社，2021 年，3 页。

② 〔英〕基托著《希腊人》，徐卫翔、黄韬译，上海人民出版社，2006 年，13 页。

作为典例来加以说明：“距离高贵神秘的人性较近而又值得崇拜的人物，是那些人类母亲与超人的父亲所生的半神人。在古典希腊就有很多这样的人物，如赫拉克勒斯……”[①]

显然，凡人是不可能有神王宙斯（“超人的父亲”）躺在阿尔克墨涅（“人类母亲”）身旁所得到的那种力量的。宙斯当时吩咐赫耳墨斯（Hermes）传令，命太阳神赫利俄斯（Helios）停止照耀大地 3 天，命时序女神荷莱（Horae）[②]不必准备赫利俄斯的太阳神车，命月亮女神塞勒涅（Selene）当晚在天空待得久一些，命睡神修普诺斯（Hypnos）让全人类都陷入深眠，以便他与阿尔克墨涅私会。如是，他便有了赫拉克勒斯这个十分了得的儿子。

梳理清楚赫拉克勒斯的家族谱系，对于本书阐述的主要观点是非常有必要的。如下这张谱系图，梳理自中译出版社于 2021 年 3 月出版的《希腊神话全书》（典藏版），可以说是非常权威和全面的，谨供各位读者参考。（见图 1.1）

---

① 〔英〕阿诺德·汤因比著《历史研究》（上、下），上海人民出版社，2010 年，537 页。

② 荷莱是三位女神的统称，她们是神王宙斯和法律女神忒弥斯的女儿，分别为秩序女神欧诺弥亚（Eunomia）、公正女神狄刻（Dike）、和平女神厄瑞涅（Eirene）。——编者注

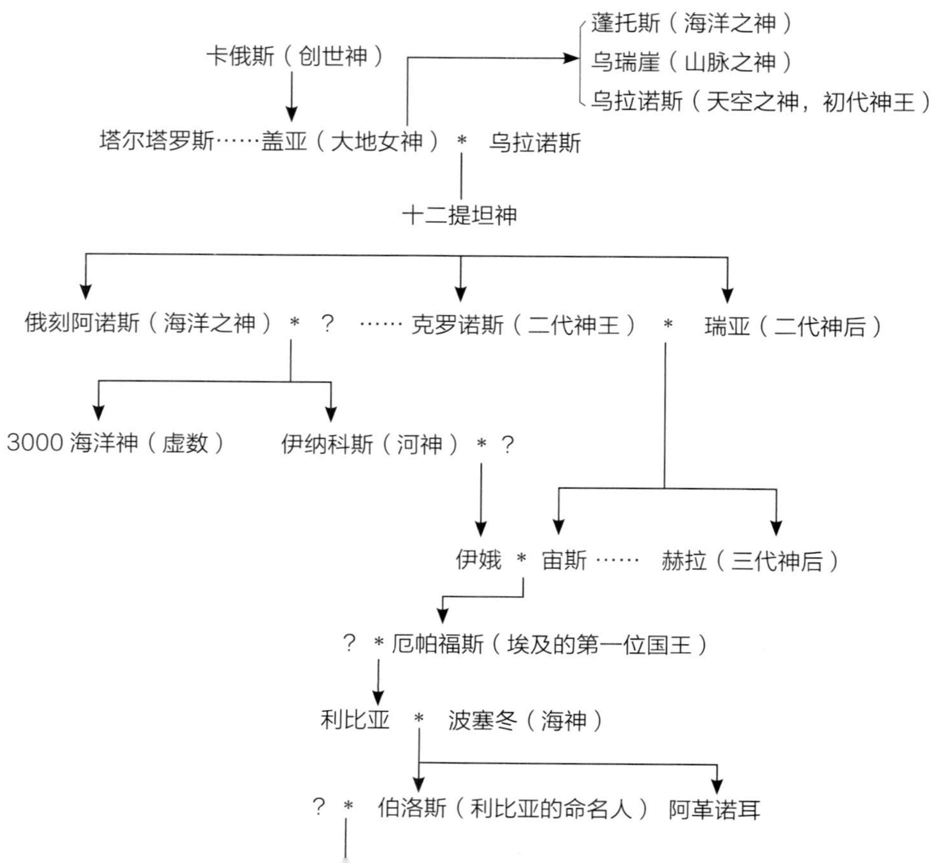

卡俄斯（创世神）
蓬托斯（海洋之神）
乌瑞崖（山脉之神）
乌拉诺斯（天空之神，初代神王）
塔尔塔罗斯……盖亚（大地女神）＊ 乌拉诺斯
十二提坦神
俄刻阿诺斯（海洋之神）＊ ？ …… 克罗诺斯（二代神王）＊ 瑞亚（二代神后）
3000 海洋神（虚数）
伊纳科斯（河神）＊ ？
伊娥 ＊ 宙斯 …… 赫拉（三代神后）
？ ＊ 厄帕福斯（埃及的第一位国王）
利比亚 ＊ 波塞冬（海神）
？ ＊ 伯洛斯（利比亚的命名人）
阿革诺耳

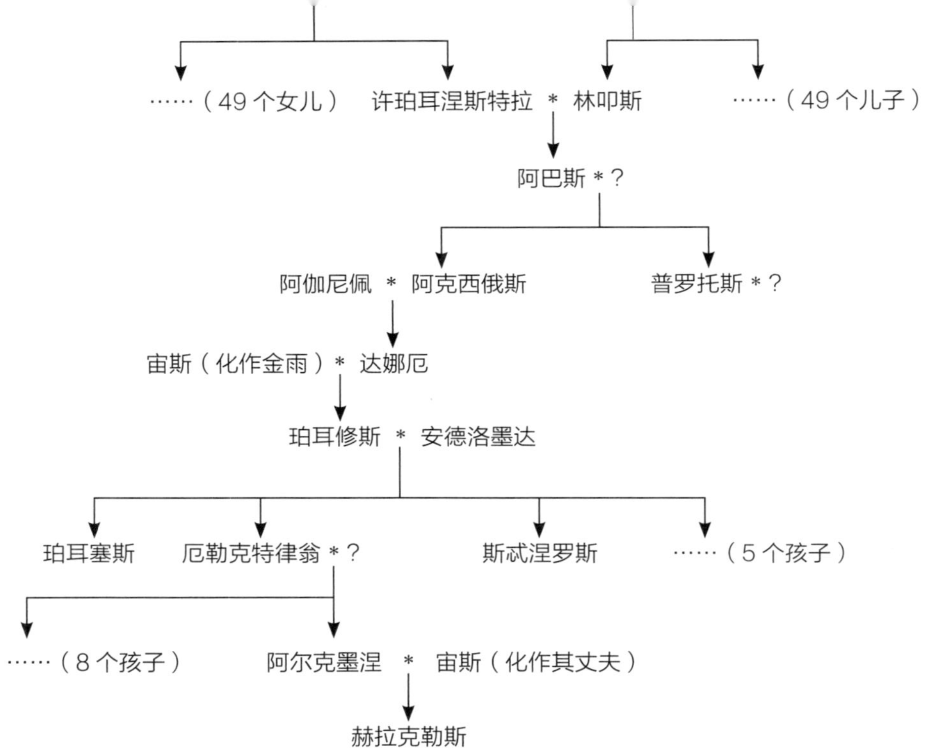

图 1.1 赫拉克勒斯及其家族

此刻，不得不提到另一个人——欧律修斯（Eurystheus）。在赫拉克勒斯出生之前，宙斯曾经在神祇的一次宴会上宣布，让珀耳修斯的第一个子孙来主宰所有其他珀耳修斯的子孙。宙斯显然想把这份荣誉给他和阿尔克墨涅所生的儿子赫拉克勒斯。可是，善妒的天后赫拉十分厌恶情敌阿尔克墨涅，不想把这份荣光给她的儿子。于是赫拉在欺诈女神埃特的挑唆下施展诡计，让珀耳修斯的另一个子孙欧律修斯提前出生。因此，按照宙斯原来的许诺，欧律修斯成了国王，后来出生的赫拉克勒斯反倒成了欧律修斯的臣民。

《伊利亚特》第19卷重点提到了这个事情：

……那天，阿尔克墨涅
即将临产，生养赫拉克勒斯，强健。
其时，宙斯发话，对所有的神明阔谈：
“你等神和女神，你们全都听言，
我要说话，它受胸腔里的心魂催赶。
今天，主管生养和阵痛的埃蕾苏娅将为凡间
增添一个男孩，在以我的血脉繁衍的种族里，
此人将王统全民，栖居在他的身边。”

其时，怀藏狡谲的用心，天后赫拉对他进言：
“你将沦为骗子，倘若说话不予兑现。
来吧，奥林匹斯的主宰，庄严起誓，在我面前，
此人将王统全民，栖居在他的身边，
将在今天问世，从一名女子的胯间，
出生在那个种族，以你的血统繁衍。”
赫拉言罢，宙斯丝毫没有察觉假意，
庄严起誓，整个儿中了她的诡计。
其时，赫拉直冲而下，疾离奥林匹斯的峰顶，
即刻来到阿开亚的阿耳戈斯，知晓那地方
有一位妇女，珀耳修斯之子斯忒涅罗斯硕壮
的妻子正怀着一个男孩，在第七个月里。
赫拉让男孩出世，虽说早于产期，
同时推迟阿尔克墨涅的生育，阻止阵痛的降临，
然后亲自跑去，对克罗诺斯之子宙斯说起：
“父亲宙斯，你把玩闪光的霹雳，我有一事要你听明。
一个了不起的凡人已经出世，他将王统阿耳吉维兵民，
欧律修斯，斯忒涅罗斯之子，珀耳修斯的后人，
你的后裔。让他王导阿耳吉维人，此事应该得体。”

她言罢，剧烈的苦痛刺扎宙斯的心灵……①

欧律修斯与赫拉克勒斯的辈分不同。前文提到，阿尔克墨涅是珀耳修斯的孙女，所以，赫拉克勒斯自然是珀耳修斯的重孙子。但欧律修斯的父亲是斯忒涅罗斯（Sthenelos），斯忒涅罗斯是珀耳修斯的儿子，所以欧律修斯是珀耳修斯的孙子。这么说来，欧律修斯是赫拉克勒斯的表舅，因为欧律修斯与阿尔克墨涅是平辈姐弟，只不过这个姐姐可比这个弟弟岁数大多了。结果即是，赫拉克勒斯本该今日降生的，但被赫拉施了诡计，延后降生；欧律修斯本不该今日降生的，却因为赫拉的帮忙，今日降生了。

“糊涂”表舅与“委屈”外甥各自长大成人。赫拉克勒斯因为天后赫拉的陷害而丧失神智，杀害了自己的妻儿，为了赎罪，他接受神谕，前往服侍迈锡尼国王欧律修斯。而欧律修斯为了取悦赫拉，决定尽一切可能害死赫拉克勒斯，于是他交给了赫拉克勒斯 12 项难如登天的任务。万般无奈，赫拉克勒斯只能硬着头皮去完成这些任务。

可见，从某种意义上来讲，赫拉克勒斯的英雄事迹大概

① 〔古希腊〕荷马著《伊利亚特》，陈中梅译，译林出版社，2012 年，450–451 页。

都是被“逼”出来的。命运造就英雄，英雄也同时被命运折磨。中国古代神话里的伟岸人物——羿，其遭遇与赫拉克勒斯几乎如出一辙。或许真的应该颔首承认，但凡顶着“大力士”或“大英雄”荣耀光环的人物，其日子大都不太好过。

2

赫拉克勒斯神话在此给我们带来的另一重启发是关于“神灵好色”的话题省思。

我们知道，宙斯这个大神是特别喜欢年轻女孩子的，但凡看上的，总要不遗余力地弄到手方才罢休。阿尔克墨涅是宙斯嫡亲的重孙女，不过这丝毫不妨碍宙斯追求阿尔克墨涅。那么，为什么古希腊神话要把神灵塑造成好色的形象呢？这个问题的提出并非没有意义。基托在《希腊人》中有一段话是这么写的：

> 先前的神灵往往是女神，在这种情况下，她自然将成为新到来的男性神的妻子。……这种神灵的好色不是希腊神话本身意图要反映的东西，它不过是神话发展所带来的偶然结果而已；而为何它并没有使人们的宗教情

感受到直接的伤害，这显然是因为人们都知道它不过是一种解释而已。[①]

这是对于希腊神灵为什么好色的一个解释。基托的观点是，在宗教融合过程中，不可避免地出现了故事虚构，虚构的目的是能够对现有的宗教常规提出一种解释。比如，一块土地（部族）的人民，原本信奉一位女神，但该土地（部族）的人民在迁徙之后，与新的邻人混居或毗居之时，就必须面对双重的信奉：他们继续崇祀他们自己的女神，但是也会同样尊敬当地已有的神——我们姑且假设是个男神。这样一来，这些人民就必须为当前的情况做出一个合理解释，为什么要同时信奉两位神祇？而一般的情况便是，人们会将男神与女神配对，认为他们是夫妻。几代人之后，就往往演化成了这样的结局：只有男神还被一以贯之地尊为神，而女神——也就是早先信奉的那位神祇，已经逐渐被遗忘了。但人们的记忆里还残存了一点关于这位女神的印象。

这样的一种集体无意识就必然导致了这种故事类型：某位男神好色，看上了某位貌美的女子并将其占为己有，而这

① 〔英〕基托著《希腊人》，徐卫翔、黄韬译，上海人民出版社，2006 年，194 页。

位女子也甘于接受自己的命运，因与男神相好而最终羽化登仙，男神和女神共同成为当地人民膜拜的对象。《光荣属于希腊》一书对这个问题也有较为深刻的论述，其实也就是在讲神话的“源流”问题，譬如神祇的“双名”现象。[①]

《历史中的性》（*Sex in History*）一书谈的也是这个问题，只不过所指年代更为久远。在该书作者、美国学者罗伊·坦娜希尔（R.Tannahill）看来，神话总是处于流变过程中的。坦娜希尔举出的一例是苏美尔人的创世神话。据说最初的神只有一位叫纳姆（Nammu）的女神，她独自创世；后来却有3种游牧民族的神话插了进来，基本大意是说，纳姆女神需要在某位男神的帮助下才可完成创世的任务。结果便是，“在这个被改编过的神话中，男性神已经从最初的女神那里接过了创造万物的责任。”[②]

斯托巴特的《光荣属于希腊》、基托的《希腊人》、坦娜希尔的《历史中的性》，这几部书从不同角度试图为我们勾勒出流变而摇曳的图景：实际上，神话大部分都是处于混合状态或混杂状态之中的。神话也绝非纯粹之物，遗世独立是

---

① 〔英〕J. C. 斯托巴特著《光荣属于希腊》，史国荣译，上海三联书店，2011 年，76 页。
② 〔美〕坦娜希尔著《历史中的性》，童仁译，光明日报出版社，1989 年，49-50 页。

不可能的，这也应该是我们看待古希腊神话故事所持有的基本立场。当然，接下来的问题自然就是，为什么会出现这种变化？是什么东西悄然改变着神话的样貌？这才是研究者们最感兴趣的地方。一旦对这些问题有所思考，我们就一定能够较为笃定地回答“神灵为何好色”这种略感诙谐的问题了。

3

关于神王宙斯的“好色”，还有一个著名的故事。据说，欧罗巴（Europe）是腓尼基国王的女儿，天生丽质。这样美貌的一名凡间女子，被宙斯深深爱慕。在欧罗巴外出游玩的时候，宙斯变成一只雪白的公牛，来与欧罗巴嬉戏玩耍，并赢得了欧罗巴的好感。

公牛赢得了欧罗巴的好感之后，就暗示欧罗巴可以骑乘它。欧罗巴忘乎所以，骑到了牛背上。谁料，公牛起先还是缓步，逐渐竟疾驰起来，纵身跃入大海，一路游到了克里特岛（Crete）。欧罗巴惊恐万状，来到了陌生地界。登陆之后，公牛自己却突然消失了。姑娘正在惊异，却看到面前站着一个俊逸如天神的男子。在这里，还有一些幽默的情节不断增加进来。据说，欧罗巴一眼望到宙斯，简直惊呆了，脱口而出：“你简直就像一尊天神呐！”宙斯深沉地回答：“我本来就是。”继而，宙斯告诉欧罗巴，他是克里特岛的主人[①]，希望姑娘能够嫁给他。欧罗巴答应了宙斯的请求。

但是，即使到了这个时候，欧罗巴依然不知道这位俊逸如天神、倜傥似仙尊的男子到底是谁。惶惶之时，爱神阿佛洛狄忒（Aphrodite）如紫色云雾一般飘了过来，告诉了欧罗巴真相。欧罗巴恍然大悟，她默认了自己的命运，并为宙斯生养了3个强大而睿智的儿子。

说到了宙斯的“白牛”化身，“人兽变形”或“人兽同体”的问题已然赫然在目。古希腊神话中的“人兽同体”怪物数量庞大，譬如美杜莎（Medusa）、厄喀德那（Echidna）、斯芬克斯（Sphiggein）等。按照《神谱》的讲法，这些怪物大部分都出自刻托（Ceto）和福耳库斯（Phorcus）的族系，他们拥有众多的孩子，其中大多数为海怪，被人们统称为“福耳库德斯”（Phorcydes）。刻托和福耳库斯则是蓬托斯（Pontus，海洋之神）和盖亚（Gaia，大地女神）的孩子。另外还有一个怪物——“万魔之祖”提丰（Typhon），他往往被认

---

① 按一般的见解，克里特岛是宙斯的出生地。参见〔英〕J. C. 斯托巴特著《光荣属于希腊》，史国荣译，上海三联书店，2011年，18页。《神谱》里写道：“广阔的大地从瑞亚手里接过宙斯，在广大的克里特抚养他长大。”参见〔古希腊〕赫西俄德著《工作与时日 / 神谱》，张竹明、蒋平译，商务印书馆，1991年，41页。

为是众多怪物的祖先。提丰身形巨大、名气响亮、能力更强，但他不属于刻托和福耳库斯的族系。提丰是盖亚和地狱之神塔耳塔罗斯（Tartarus）的儿子。

赫西俄德的《神谱》如此形容提丰的相貌和声音，恐怖至极：

> 他是一条可怕的巨蟒，肩上长有一百个蛇头，口里吐着黝黑的舌头。在他奇特的脑袋上、额角下、眼睛里火光闪烁；怒目而视时，所有的脑袋上都喷射出火焰。他所有可怕的脑袋发出各种不可名状的声音；这些声音有时神灵能理解，有时则如公牛在怒不可遏时的大声鸣叫，有时又如猛狮的吼声，有时也如怪异难听的狗吠，有时如回荡山间的嘘嘘声。[①]

应该指出的是，中华传统文化在这方面的若干描绘恐怕也是极为类似的。创世大神——盘古（或称盘瓠）在神话中其实是一只人身狗头的怪物；人类的母亲——女娲则是人首蛇身，模样也的确称不上“美观”。[②] 而明清时期出产的《西

① 〔古希腊〕赫西俄德著《工作与时日 / 神谱》，张竹明、蒋平译，商务印书馆，1991 年，50 页。

② 袁珂著《中国神话传说》，北京联合出版公司，2016 年，52 页、72 页。

游记》之类的志怪小说，也模仿上古神话塑造了一系列人兽同体的形象。我们都知道，神话的出现必有其产生的社会生活土壤。因而，神话中频频出现的人兽变形、人兽同体的故事，一定折射着人类生活中的某个不为人所熟知的情况。当然，这个情况可能是悦人耳目的，也有可能是骇人听闻的。

广泛地讲，神的拟人形态和拟动物形态，很可能是古代宗教神话传说中最为重要的元素之一。古代宗教中，神也好，人也罢，他们的外形外貌是可以变化的，完全可以变成动物，并且毫不影响日常生活。我们在欣赏古希腊神话故事的时候，人与兽相好的主题是屡次碰到的，绝不在少数。显而易见，在古希腊神话的语境里，上述这些故事都是完全可以理解的，因为兽是神的变化体而已，即使不是神，也是人的变化体。从这个角度看，神、人、兽，彼此之间都是相互连通的。

含有丰富对照意义的是，古希腊神话中确实存在着大量人兽相恋的例子，最著名的就是宙斯的各种化身——天鹅、公牛等，宙斯以这些动物的面目与身份，与女子谈恋爱，并颇以此为荣。古希腊的伊索也有过这样一则很有名的寓言，其中提道：“奉宙斯之命，普罗米修斯造了人和野兽。宙斯发现造出来的野兽远比人多，便指示普罗米修斯把一些野兽改造成人。”[1] 这个寓言的核心主旨或如前述，人与兽本来就是连通着的，不少人就是野兽改造而成的，因而人与兽之间也就不再是泾渭分明了。

诚然，我们这么讲也有可能会把问题简单化了，看似有些武断，只不过这种武断貌似也带来了一个好处：“庖丁解牛”与“大刀阔斧”，这两种研究的手法或许都有其不能被替代的积极意义，对多元文化从长期范围内进行“大刀阔斧”式的对比参照，始终不失为对单一文化进行“庖丁解牛”式分析研究的有益补充。

---

① 〔古希腊〕伊索著《伊索寓言全集》，李汝仪译，译林出版社，2010 年，226 页。

第二章

屠兽

1

一般认为，欧律修斯交给了赫拉克勒斯 10 件任务，也有说法是 12 件。[1] 因为在 10 件任务完成之后，欧律修斯认为其中有两件不算数，要求赫拉克勒斯补做两件。下面就来具体讲讲这些任务究竟是什么。

欧律修斯交给赫拉克勒斯的第 1 件任务是剥下涅墨亚雄狮的皮。涅墨亚（Nemea，又译尼密阿）雄狮生活在阿耳戈利斯地区的涅墨亚森林里。一种说法认为，涅墨亚雄狮本是巨人提丰和半人半蛇的女怪厄喀德那所生的儿子；另一种说法则认为，涅墨亚雄狮的父亲是俄耳托斯[2]（Orthrus），因为《神谱》中有这样的描述："厄喀德那又和俄耳托斯相爱，

① 〔德〕施瓦布著《希腊神话故事》，刘超之、艾英译，宗教文化出版社，1996 年，132 页。
② 即有一条蛇尾的双头犬，它也被认为是提丰和女怪厄喀德那所生的儿子。——编者注

生下了可怕的斯芬克斯和涅墨亚的狮子。”[1]无论如何，这只狮子都不是肉体凡胎，而是半神的怪物，不仅拥有普通狮子10倍的力气，还有一个重要特点：人间的武器都不能伤它分毫。

赫拉克勒斯一手拿硬弓，一手拿大棒，历经千辛万苦，终于在一处洞穴里找到了雄狮的踪迹。他埋伏了好几天，终于等到了机会。此时雄狮刚刚饱餐一顿，心满意足地准备回窝。赫拉克勒斯躲在暗处向狮子射箭，但射出的箭无法伤到狮子，反倒惹怒了狮子。赫拉克勒斯只得从藏身的岩石后面跳了出来，将手中的大棒高高举过头顶，给了狮子的脑袋重重一击。狮子被打倒在地，复又腾身而起。一人一兽，搏斗甚激。最终，赫拉克勒斯干脆扔掉了手里的武器，抱住狮子的脖子，狠命卡住狮子的喉咙。一番挣扎之后，狮子被赫拉克勒斯活活掐死了。

不过，虽然赫拉克勒斯杀死了涅墨亚雄狮，却尚未完成欧律修斯交给他的任务——剥下兽皮。赫拉克勒斯费尽周折

---

① 〔古希腊〕赫西俄德著《工作与时日 / 神谱》，张竹明、蒋平译，商务印书馆，1991 年，36 页。复可参见吴雅凌著《神谱笺释》，华夏出版社，2010 年，25 页、251 页。但此处依然存疑，因为俄耳托斯是厄喀德那的儿子，妈妈（厄喀德那）与儿子（俄耳托斯）婚配有悖伦理。因此，有人认为此处的厄喀德那应为喀迈拉。

也没有把狮子皮剥下来，因为任何兵刃都无法在狮子身上划出一道口子。后来，赫拉克勒斯总算想出一个办法，用狮子自己的利爪划破了狮皮（这个情节有点儿类似于《韩非子》中描述的“矛和盾的故事”），这才把狮子皮剥下来（见图 2.1）。

图 2.1 〔古罗马〕大理石雕像，“青年赫拉克勒斯”

约公元 68—98 年，现藏于美国纽约大都会艺术博物馆。这尊雕像刻画出了大英雄年纪尚轻时候的“意气风发之感”。

赫拉克勒斯把狮子皮搭在肩膀上，朝着迈锡尼的方向去了。当欧律修斯看见赫拉克勒斯身披兽皮、威风凛凛的样子，竟然吓得双腿发软，从此再也不让赫拉克勒斯走近自己，各项命令都由他人转达。还有的版本说，欧律修斯当时吓得几乎要钻进地缝里去，他干脆逃到一个半埋在地里的大瓮中，还忙不迭地要盖上大瓮的盖子[①]。这个滑稽的瞬间被一些流传下来的古希腊雕塑永远存留了下来。[②]

关于涅墨亚雄狮的来历和家世，摘录一段《神谱》原文作为佐证是必要的：

> 厄喀德那又和俄耳托斯相爱，生下了可怕的斯芬克斯和涅墨亚的狮子。宙斯之贤妻赫拉养大了这头狮子，用它看守涅墨亚山林，结果给人们带来了灾难。它在那儿反而伤害赫拉自己的部落，称霸涅墨亚的特里托斯山和阿佩萨斯山，但是大力士赫拉克勒斯征服了它。[③]

① 这个瞬间也被描述为欧律修斯见到厄律曼托斯野猪时的情景。——编者注

② 〔德〕托尼奥·赫尔舍著《古希腊艺术》，陈亮译，世界图书出版公司，2014 年，27 页。

③ 〔古希腊〕赫西俄德著《工作与时日 / 神谱》，张竹明、蒋平译，商务印书馆，1991 年，36 页。

2

欧律修斯交给赫拉克勒斯的第2件任务是杀死九头蛇许德拉（Hydra）。许德拉据说是巨人提丰和女怪厄喀德那所生的女儿，是涅墨亚雄狮的姐妹。这只怪物生有9个头，每个头在被砍下的瞬间都会再次生长出来两个头，而且最中间的那个头是不死的。也有传说认为许德拉的脑袋甚至不只9个，无论怎样，许德拉肯定是个多头蛇妖。

许德拉居住在勒耳那的沼泽地，它常常爬到岸上，糟蹋庄稼，危害牲畜，袭击人类。至于许德拉的父亲提丰（Typhaon），他的来头更大。提丰是毁灭和愤怒的化身，身形巨大，头可顶天，双手可环抱世界。提丰的肩上簇拥着100条恶龙，张口可吞吐闪电和火焰；他的下半身则是巨大的蛇身，一对遮天蔽日的翅膀挥动一下就可以飞沙走石，所经之处尽为焦土。根据普遍的看法，提丰是深渊塔尔塔罗斯的孩子[①]。而塔尔塔罗斯这个词，既可以指从混沌时代就出现的、居于大地深处的神祇，也可以指古希腊神话中的地狱冥土。

在斯蒂芬尼德斯兄弟的《希腊神话全书》（典藏版）第一卷中，对塔尔塔罗斯有这样的描绘：

> 塔尔塔罗斯幽深可怖，卡俄斯离地面有多高，那里离地面就有多深。如果你从卡俄斯所在的虚空中扔一根钢针下去，要等上九天九夜，直到第十天早上，钢针才会落到地面上。要是钢针继续从地面往下落，就得再等上九天九夜，等到第十天早上，才能落到塔尔塔罗斯那里。塔尔塔罗斯无边无际，如果你走进那里，就得不停地往前走，而且走得很艰难，还要顶着“呜呜”作响的旋风，走上一年都无法走到尽头。[②]

有着塔尔塔罗斯这样令人胆寒生畏的祖先，许德拉的能力自然也差不到哪里去。下面让我们来简单梳理一下许德拉

① 〔法〕让－皮埃尔·韦尔南著《众神飞飏：希腊诸神的起源》，曹胜超译，中信出版社，2003年，28页。复可参见〔古希腊〕赫西俄德著《工作与时日／神谱》，张竹明、蒋平译，商务印书馆，1991年，50页。

② 〔希腊〕莫奈劳斯·斯蒂芬尼德斯和雅尼斯·斯蒂芬尼德斯著／绘《诸神记：十二主神》，《希腊神话全书》（典藏版），彭萍等译，中译出版社，2021年，2页。

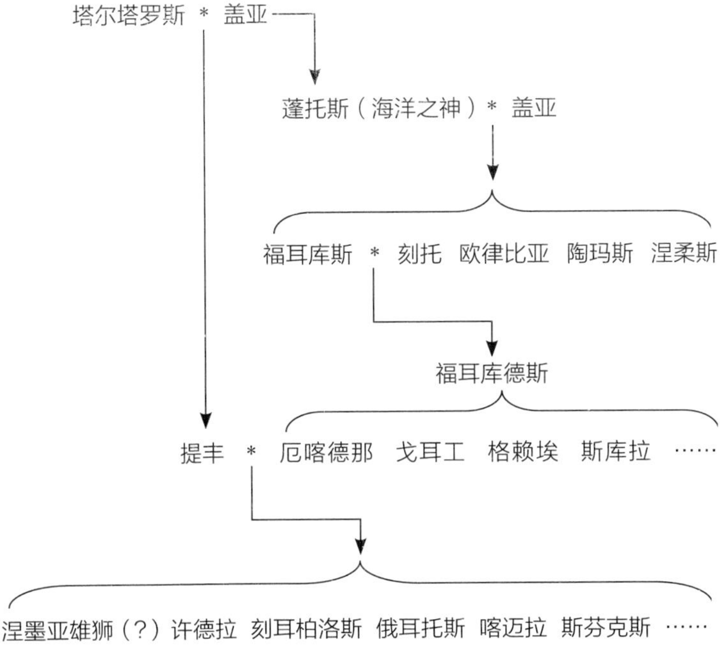

图 2.2 九头蛇许德拉及其家族

的家世：

从图 2.2 中可以看到，许德拉拥有诸多“著名”的怪物兄弟姐妹，诸如喷火的喀迈拉、看守地狱大门的三头犬刻耳柏洛斯、前文提到的双头蛇神犬俄耳托斯、狮身人面兽斯芬克斯等。其姨母中更有鼎鼎大名的蛇发女妖戈耳工（其中最年幼者为美杜莎）、共用一只眼睛的格赖埃姐妹，以及在荷马的《奥德赛》中被传唱的、拥有 6 个头和 12 只脚的怪物斯库拉。

面对这么一个来头不小又颇为难缠的对手，赫拉克勒斯并没有丝毫的畏惧。他驱车前往勒耳那沼泽，为他驾车的是他的侄儿伊俄拉俄斯（Iolaos）。在许德拉居住的巢穴附近，赫拉克勒斯用燃烧的火箭将九头蛇从栖息地中逼出，随即一把抓住了它。九头蛇许德拉并不示弱，用蛇身缠住了赫拉克勒斯的脚（见图 2.3）。赫拉克勒斯于是拔出了腰间利剑，开始将这只怪兽的头颅一个个砍下来。但每砍下一个头，在疮口上又立刻长出两个头来。赫拉克勒斯越是费力地斩断蛇头，新的蛇头长得也就越快。

这时候，一只巨蟹跑来为许德拉助战，据说这是受到了赫拉的指使。巨蟹用钳子咬住赫拉克勒斯的脚，吃痛的英雄怒不可遏，挥剑将巨蟹的壳撬了下来（一说是用脚踩死的）。巨蟹因此一命呜呼，赫拉大失所望，便将巨蟹升上了天空。这便是巨蟹座的由来（见图 2.4）。

图 2.3 〔德〕雕塑，“赫拉克勒斯和许德拉”

马蒂亚斯·加斯塔格（Mathias Gasteiger），1921—1930 年。这尊雕塑陈列于美国圣路易斯艺术博物馆（位于该馆侧门门口处），栩栩如生地刻画了赫拉克勒斯和许德拉苦苦缠斗的情形。

图 2.4 “螃蟹”

西方艺术品中直接出现螃蟹的情况较为少见。这件艺术品应该是一个笔托类的器具（quill holder）。［意大利］卢多维科·德·杜卡（Ludovico Del Duca），创作于 16—17 世纪，现藏于美国纽约大都会艺术博物馆。

聪明的赫拉克勒斯意识到，巨蟹的到来也给了自己寻求援兵的权利。于是，他的侄儿伊俄拉俄斯也前来助战。伊俄拉俄斯点燃熊熊燃烧的火把，每当赫拉克勒斯砍下一个蛇头时，他便用火灼烧许德拉血淋淋的疮口，据说这样可以阻止蛇头长出。最终，赫拉克勒斯砍下了许德拉中间那颗不死的头颅，将它埋在路旁，还在上面压了一块沉重的石头。《神谱》

特意为此记了一笔：“赫拉克勒斯……与好战的伊俄拉俄斯一起用无情的剑杀死了许德拉。”[①]紧接着，赫拉克勒斯将许德拉的身体劈为两段，并用其剧毒的血液浸泡了他的箭镞。从此之后，中了赫拉克勒斯之箭的人再也无药可医。

值得一提的是，这些沾有许德拉毒液的箭矢后来传给了墨利波亚（Meliboea）国王波阿斯（Poeas）之子、神箭手菲洛克忒忒斯（Philoctetes），在著名的特洛伊战争中发挥了至关重要的作用。

① 〔古希腊〕赫西俄德著《工作与时日 / 神谱》，张竹明、蒋平译，商务印书馆，1991 年，36 页。

3

第 3 件任务是生擒刻律尼亚山上的牝鹿。“牝”这个字读音是 pìn，与“聘”同音，意为“雌性的”。据说，这只牝鹿曾经是狩猎女神阿尔忒弥斯（Artemis）的猎物，后被女神放归。赫拉克勒斯为了追到牝鹿，花了足足 1 年的时间，最后在拉冬河一箭射伤了牝鹿，这才捉住了它。

古希腊神话中，三大处女神之一的阿尔忒弥斯[①]似乎与鹿特别“有缘”。一个意蕴深厚的著名故事是：体格健硕、容貌俊美、性情腼腆的男猎手阿克泰翁（Actaeon）在打猎时误入一个山洞，无意间窥到了阿尔忒弥斯在泉水中沐浴时的胴体。阿尔忒弥斯发现被男人窥视之后，恼羞成怒，施展法力将阿克泰翁变为一头雄壮的公鹿。然而颇为诡谲的是，从

① 奥林匹斯山上的三大处女神指灶炉女神赫斯提亚、智慧女神雅典娜和狩猎女神阿尔忒弥斯。——编者注

符号学视角看，“雄壮的公鹿”本身就象征着在雌性个体眼中最完善、最美丽的雄性个体。

无独有偶，在汉语中用以表达“漂亮”的字眼——“丽”（麗），恰恰就是以拥有茁壮鹿角的雄鹿为模特的。中国台湾地区作家唐诺曾表示，雄鹿大概是远远看去最美丽的一种动物，尤其是那对大大的鹿角。[①]

雄鹿虽然美丽，却又是怯懦少勇的，往往会成为猛兽利齿下的猎物，故而在《伊利亚特》中甚至有“懦鹿”这样的提法。[②]那位健硕、俊美、腼腆的阿克泰翁被变为雄鹿，也许是为了象征他被阿尔忒弥斯视为可怜的祭品，凄美又无望。化身为鹿的阿克泰翁最终被自己豢养的猎犬追逐并咬死。与此同时，阿尔忒弥斯早已穿戴整齐，从池塘之畔缓缓行来，朝着阿克泰翁的尸身，投下薄凉而矜持的一瞥。

---

① 唐诺著《文字的故事》，上海人民出版社，2010年，153页。

② 〔古希腊〕荷马著《伊利亚特》，陈中梅译，译林出版社，2012年，291页。

4

赫拉克勒斯需要完成的第 4 件任务是活捉厄律曼托斯山上的野猪。在这一则故事中，野猪占据的比例其实并不算很大，故事的主人公是肯陶洛斯人。

厄律曼托斯山上的野猪本是献祭给狩猎女神阿尔忒弥斯的圣物，可它牙齿锋利、肆意妄为，经常在厄律曼托斯一带糟蹋庄稼，危害甚大。赫拉克勒斯在前往厄律曼托斯途中，来到了弗洛斯家中。这个弗洛斯是肯陶洛斯人。肯陶洛斯人就是所谓的“人马”，即上半身是人，长着两只人臂；下半身是马，长着四条马腿。因此，肯陶洛斯人事实上有“六肢”而非“四肢”，这样的形象着实吓人。但丁·阿利吉耶里（Dante Alighieri）在《神曲》（*Divine Comedy*）中曾这样形容之：“胸部正是人马两种本性连接的地方。”[①]

① 〔意大利〕但丁著《神曲·地狱篇》，黄文捷译，译林出版社，2005 年，106 页。

弗洛斯热情地招呼赫拉克勒斯到家中做客，赫拉克勒斯却希望在吃肉的同时还能喝酒。弗洛斯告诉赫拉克勒斯，酒倒是有一桶，在他家的地下室里，但它属于全体肯陶洛斯人，是不能随意打开的。这里，又有一则晦涩的神谕插进来，说这桶酒是酒神送给人马的，吩咐他们一直要等到赫拉克勒斯到来时方可打开。无论怎样，弗洛斯在赫拉克勒斯的要求与催促下，打开了酒桶，立时酒香四溢。随即，其他人马敏锐地察觉到了酒香，他们手拿石块或木棒，蜂拥到弗洛斯的地下室，将这里围得水泄不通。不用想，肯陶洛斯人很快就与赫拉克勒斯打在一处。战斗的结果是，赫拉克勒斯不仅击退了他们，还射箭追杀余下的人马，一直追到伯罗奔尼撒半岛东南角的玛勒河，那是赫拉克勒斯的老师、水仙女菲吕拉之子喀戎居住的地方。

肯陶洛斯人纷纷投奔喀戎，赫拉克勒斯向他们射去一箭，箭头擦过一个人马的手臂，射中了喀戎的膝盖。这时，赫拉克勒斯才发现他射中了老师。智者喀戎本精于医道，无奈赫拉克勒斯的箭头浸过许德拉的血，含有剧毒，所以无法施救。喀戎痛苦无比，只求速死。而更为无奈的是，喀戎是不死之身，只能永远承受毒箭穿髌之苦。赫拉克勒斯含泪告别喀戎，答应他一定会想办法救他脱离苦海。

赫拉克勒斯蔫头耷脑地重新回到弗洛斯那里，发现这位朋友也已经去往冥府。原来弗洛斯从一名肯陶洛斯死者身上拔出一支箭，惊叹赫拉克勒斯箭镞的威力，感慨之余，他顺手将箭扔在地上，却不小心被箭尖划破了脚，蛇毒甫一见血，其人立时殒命。赫拉克勒斯悲伤满怀地埋葬了弗洛斯的遗体。之后，赫拉克勒斯继续上路，寻找野猪，并最终生擒了它。

5

第5件任务是所有任务中最奇特、最与众不同的一个——赫拉克勒斯被要求在一天之内把奥格亚斯（Augias）的牛棚打扫干净。奥格亚斯是太阳神赫利俄斯的儿子，也是厄利斯（Elis）的国王。他豢养了500多头品质优良的公牛，这些牛被圈养在王宫前面的牛棚里，牛棚里牛粪遍地，狼藉不堪。赫拉克勒斯在查看情况后，发挥聪明才智，利用厄利斯的地理优势，在牛棚旁边挖了一条水沟，引来了阿尔菲斯河和佩纳俄斯河的河水。河水流经牛棚，把里面的牛粪冲刷得一干二净。

但国王奥格亚斯并不愿意兑现他此前承诺给赫拉克勒斯的谢礼，反而流放了帮助过他的赫拉克勒斯。连同为赫拉克勒斯主持正义的法官和王子弗琉斯（Phyleus，奥格亚斯之子）也被流放。奥格亚斯禁止他们再踏上厄利斯的土地。后来，愤怒的赫拉克勒斯在完成赎罪后，带兵攻下了厄利斯，并将这片国土交给了更加公正的弗琉斯管理。弗琉斯则将佩内俄斯河边的土地赠予赫拉克勒斯，赫拉克勒斯在这里建造了一座献给宙斯的神庙，以及一座名为“奥林匹亚”的体育场，并且在这里举办了历史上第一次奥林匹克运动会。

值得插一句的是，奥地利精神病医师、心理学家、精神分析学派创始人西格蒙德·弗洛伊德（Sigmund Freud）在他的代表作《释梦》(*The Interpretation of Dreams*）中特别引用了这个故事。弗洛伊德本人曾做过一个“读者对它都感到厌恶”的梦：用自己的尿去冲洗一座小山上的露天厕所的粪便。弗洛伊德解释道，他在梦中丝毫不觉得厌恶，反而感到愉快和满意，原因是梦中的弗洛伊德感到自己变成了赫拉克勒斯。[①]不用说，弗洛伊德希望自己能够成为有勇有谋的大英雄，这一点在梦中得到了实现。

① 〔奥〕弗洛伊德著《释梦》，孙名之译，商务印书馆，1996年，471页。

6

第 6 件任务是驱赶斯廷法利亚（Stymphalian）湖畔的怪鸟。这些怪鸟据说具有“铁嘴钢牙”，厉害无比。《浮士德》则形容它们“有兀鹰的嘴和鹅的脚”。[①] 而且，这些怪鸟的羽毛都是铜制的，可以像利箭一般随意发射，这些铜羽毛又重又锋利，一旦被射中就凶多吉少。于是雅典娜（Athena）[②] 送来了两面大铜钹，赫拉克勒斯与侄子伊俄拉俄斯一起敲击，怪鸟经受不住钹声的刺激，纷纷仓皇飞出树林，赫拉克勒斯趁机用弓箭射杀——有几只鸟被射死，另外的鸟则飞离了斯廷法利亚湖，再没有回来。

---

① 〔德〕歌德著《浮士德》，绿原译，人民文学出版社，2014 年，256 页。

② 一说是光明之神阿波罗（Apollo）。

7

第 7 件任务是驯服克里特岛上的公牛。根据古希腊神话的讲述，克里特岛的国王米诺斯（Minos）曾经提出要将海里出现的第一个动物祭献给海神波塞冬（Poseidon），波塞冬很受感动，特地让一头健壮的公牛浮出海面。可米诺斯看到这只健壮的公牛喜欢得不得了，舍不得献祭，就偷偷换了一只普通的公牛充作祭品。这些小动作自然瞒不过海神波塞冬，愤怒的波塞冬立刻使这头从海里浮出的公牛变得疯狂起来，在克里特岛为非作歹。赫拉克勒斯天生神力，顺利地制服了这只公牛，并骑着它从克里特岛一直“游”回伯罗奔尼撒。

这个故事还有一个耸人听闻的后文。在克里特岛为非作歹的那头公牛，在被赫拉克勒斯制服前，据说曾以一种奇怪的方式生养了一个后代：牛首人身怪弥诺陶洛斯

（Minotauros）。[1] 弥诺陶洛斯被神话学者坎贝尔描绘成具有“人的身体，公牛的头和尾巴”。[2] 诗人但丁在《神曲·地狱篇》第12首中则这样描绘弥诺陶洛斯，它的栖身地点是在地狱第六环与第七环连接的部位：

> 在那断崖残壁的顶端，
> 克里特岛的耻辱之物正匍匐卧定，
> 它曾在那假造的母牛腹中孕育而成：
> 它一见我们就啃咬自身，
> 犹如一个人无可奈何，把怒火压在心中。[3]

克里特岛国王米诺斯，出于某种莫名其妙的情愫，让当时最著名的工匠代达罗斯（Daedalus）给弥诺陶洛斯建造了一座迷宫，让弥诺陶洛斯栖身其中，并令被他打败的希腊人每年（有说每9年，也有说每8年）进贡7名童男和7名童女供它食用。当然，关于那些童男童女到达克里特岛后的命运也有不同说法。不过，即使没有被弥诺陶洛斯直接吃掉，至少也是终身囚禁。这个时候，英雄出现了——勇武有加、

---

① 〔德〕利奇德著《古希腊风化史》，杜昌忠等译，海豚出版社，2012年，168页。
② 〔美〕约瑟夫·坎贝尔著《千面英雄》，黄珏苹译，浙江人民出版社，2016年，9页。
③ 〔意大利〕但丁著《神曲·地狱篇》，黄文捷译，译林出版社，2005年，103页。

韬略过人的希腊王子忒修斯（Theseus），冒死请命，主动将自己“进贡”给弥诺陶洛斯，并在克里特公主阿里阿德涅（Ariadne）的帮助下，成功进入了迷宫中央并制服了弥诺陶洛斯。

但是，这个故事依然是以凝郁而怆然的悲剧气氛收尾的。忒修斯驾着黑色风帆之船出发去克里特岛之时，他的父亲，雅典国王埃勾斯（Aeegus）无法预知忒修斯是否能够生还，便告诉忒修斯：“如果你成功了，千万记得把帆船的帆换成白色，我就能早早地看到；如果你失败了，葬身迷宫，自然也就不必更换了。”忒修斯表示他记住了。然而，忒修斯制服弥诺陶洛斯之后，得意忘形，迅速驾船从克里特岛返回希腊，把更换船帆颜色的事情彻底忘在九霄云外。忒修斯的父亲伫立于海滨悬崖之上，昼夜眺望。那一日，忽见船队归来，船帆墨然如旧，忒修斯的父亲万念俱灰，当即跳下悬崖，坠海而死。忒修斯回到希腊，闻听父亲的死讯，捶胸顿足，泣泪不止。那片蔚蓝色的海，据说从此就以忒修斯的父亲的名字命名，名为“爱琴海”（the Aegean Sea）。

几千年来，这个悲剧不知感动了多少人。一位传播学思想家得出了这样的结论——“这个神话故事的寓意是：在生死攸关的信息中，需要输入一些冗余的信息。”[①] 什么是冗余的信息？就是多余的、重复的、啰唆的信息。啰唆，按一般感觉来说，诚然是不太好的；然而，在特别关键甚至要命的时刻，增加这些冗余信息，多一些啰唆，反倒能够达到增强安全性的目的。倘若埃勾斯早先与忒修斯约定，不仅要直接“眼观”到船帆的颜色，还要同时“耳闻”回程者的口述，既观又闻，再下决断，埃勾斯估计也就不会白白死去了。套用当下社会上流行的一个说法：“重要的事情说三遍。”

日常生活中的此类案例也比比皆是，比如送外卖或收快递的地址问题。我们都知道，地址撰写问题往往是一个很微妙的问题，而它的实质依然是信息冗余。譬如，“海淀区中关村大街 59 号”与“海淀区中关村大街 59 号中国人民大学”二者的信息量是一样的，后者的表述有更多的信息冗余，然而我们反而更偏爱以后者的方式撰写地址，因为这样更“保险”。再如，某居民楼有 3 个单元，每个单元内的住户是单独编码的，一单元各户为 101、102、103 等，二单元各户为 201、202、203 等，三单元各户为 301、302、303 等，以此类推。即是说，如果写“某某楼 303”，这个地址是唯一确定

① 〔美〕彼得斯著《交流的无奈——传播思想史》，何道宽译，华夏出版社，2003年，253页。

的、足够精准的；如果写“某某楼三单元303”，这个表述事实上是啰唆的、冗余的。然而，有意思的地方恰恰在于，但凡写“某某楼三单元303”的，送快递的师傅都能迅速找到住址并顺利送货，而写了“某某楼303”的，送快递的师傅十有七八都找不到住址，往往需要屡次打电话沟通确认方可送达。

这正是冗余信息的“奥妙”所在！

8

第 8 件任务是制服狄俄墨得斯（Diomedes）的马，狄俄墨得斯是战神阿瑞斯（Ares）的儿子。这些马据说在国王狄俄墨得斯的纵容下异常狂野，而且只吃人肉。赫拉克勒斯制服了它们，用的方法也非常毒辣：把凶残无道的国王狄俄墨得斯丢进马槽，这些可怕的马吃了国王的肉，立刻变得温顺而驯良了。

9

第 9 件任务是索要希波吕忒（Hippolyte）的腰带，希波吕忒是著名的女儿国亚马宗（Amazon）的女王。自古以来，这个民族就尚武好战，据说第一代亚马宗人是战神阿瑞斯的孩子，她们从父亲那里学习战术，并传授给她们的孩子。“亚马宗”的意思就是“女战士”。希罗多德（Herodotus）在其著作《希罗多德历史》（*The Histories*）中简略地提到过这个民族。[①] 为了日后射箭的方便，女孩子在出生时就会被割去一侧乳房。并且这个民族只接纳女性，而买卖男性，用以生育和照顾家庭。

取得亚马宗女王希波吕忒的腰带这个任务其实不难完成，因为希波吕忒在见到赫拉克勒斯后，十分景仰这位英雄。

① 〔古希腊〕希罗多德著《希罗多德历史》（上、下），王以铸译，商务印书馆，1959 年，363 页。

不过，由于赫拉憎恨赫拉克勒斯，便从中作梗，假扮成一名亚马宗女子，在人群中煽风点火，说女王很可能被外乡人赫拉克勒斯劫持。亚马宗人为了搭救女王，在没有问清事实的情况下，袭击了住在城外帐篷里的赫拉克勒斯，也有说赫拉克勒斯当时在一条船上。当然，赫拉克勒斯奋力还击。一场恶战之后，亚马宗人死伤无数——她们都不是赫拉克勒斯的对手。在这场战争中，赫拉克勒斯俘获了希波吕忒的妹妹墨拉妮佩（Melanippe），一同前来的忒修斯则俘获了另一名亚马宗女王安提俄珀（Antiope）。希波吕忒知道必须用腰带方能赎回她的妹妹，便主动向赫拉克勒斯献出了自己的腰带，墨拉妮佩从而重获自由。安提俄珀则跟随忒修斯回到了雅典，成了他的妻子，二人育有一子——希波吕托斯（Hippolytus）。

而赫拉克勒斯在回程中，在特洛伊城的港口救下了被献祭给海怪的公主赫西俄涅（Hesione），而她被献祭的起因则是她的父亲拉俄墨冬（Laomedon）背弃了自己曾许下的诺言，惹恼了海神波塞冬和光明之神阿波罗。后来这位美丽的公主嫁给了赫拉克勒斯随行的伙伴之一，阿耳戈英雄、萨拉米斯（Salamis）国王忒拉蒙（Telamon）。

10

第 10 件任务是抢夺巨人革律翁（Geryon）的牛群。

革律翁是住在厄律塞亚岛（Erytheia）上的巨人，他有一群健硕的肥牛，由另一个名为欧律提翁（Eurytion）的巨人和一只名叫俄耳托斯（Orthrus）的双头猎犬替他看守。革律翁高大如山，长着三个头、六条臂膀、三个身体、六条腿。

这趟旅途得到了太阳神赫利俄斯的帮助，赫拉克勒斯凭借着太阳神的金船，很快就抵达了厄律塞亚岛。经过一番周折后，赫拉克勒斯打死了看守巨人和双头猎犬，又射中了革律翁连接三个身体的腹部，于是革律翁一命呜呼。这场战斗最终以赫拉克勒斯大获全胜而告终。

这里梳理一下革律翁的家谱（见图 2.5）：

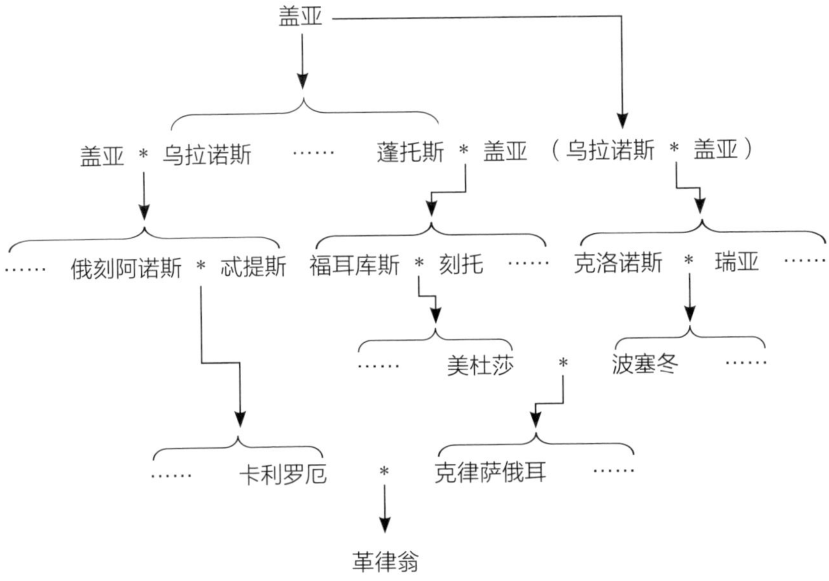

图 2.5　巨人革律翁及其家族

言简意赅的《神谱》中，有一段是专讲这个故事的：

克律萨俄耳与光荣大洋神的女儿卡利罗厄相爱，生下了三个脑袋的巨人革律翁。大力的赫拉克勒斯穿过大洋的渡口，在光荣的俄刻阿诺斯彼岸的昏暗牧场上杀死了俄耳托斯和牧人欧律提翁后，驱赶着宽额的牛群要去神圣梯林斯的那天，在四面环海的厄律提亚把革律翁杀死在他懒洋洋的牛群旁。[①]

不能不提的是，在第10个任务中还有一个小插曲，似乎这个小插曲名气更大，即赫拉克勒斯与巨人安塔欧斯（Antaios）交手。据称，安塔欧斯是海神波塞冬和地母盖亚所生的儿子（见图2.6）。安塔欧斯在盖亚的庇佑下，自然是战无不胜的。凡是经过利比亚的过路人，都必须跟安塔欧斯格斗。可是，在格斗的时候，安塔欧斯只要脚不离大地，就能从大地母亲的身上汲取力量。赫拉克勒斯把安塔欧斯击倒三次，但安塔欧斯马上又能恢复力量。于是，赫拉克勒斯用强有力的手臂把安塔欧斯举在空中，将他掐死。关于安塔欧斯的插曲，《古希腊星象说》一书认为应发生在摘取金苹果的途中，这就是神话的不同版本。安塔欧斯的家谱如图2.6所示。

至此，赫拉克勒斯忙活了这么久，其赎罪之旅也该告一段落了，因为最初的约定是，赫拉克勒斯要完成欧律修斯交给他的10件任务。以上这10件任务，在《罗马神话》（*Roman*

① 〔古希腊〕赫西俄德著《工作与时日/神谱》，张竹明、蒋平译，商务印书馆，1991年，35页。

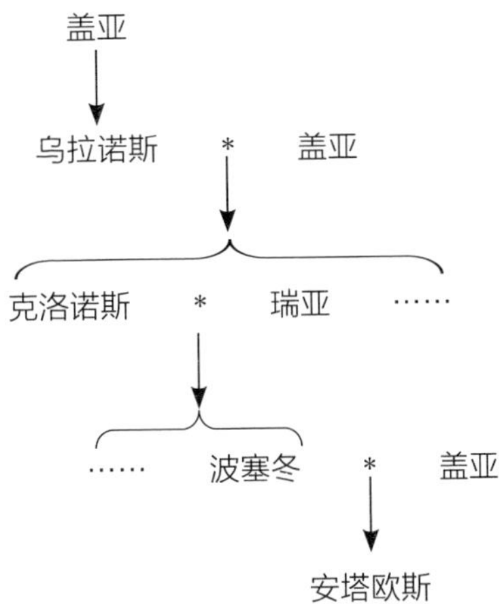

图 2.6　巨人安塔欧斯及其家族

mythology）里也被完整地叙述。[①] 奇怪的是，在赫拉克勒斯完成了 10 件任务之后，欧律修斯却认为其中的两件不算，必须补做两件。所以，这就牵扯出了第 11 件任务和第 12 件任务。

① 〔德〕古斯塔夫 · 夏尔克著《罗马神话》，曹乃云译，译林出版社，2010 年，15 页。

11

第 11 件任务是摘取赫斯珀里得斯（Hesperides）的金苹果。赫斯珀里得斯是夜神倪克斯（Nyx）的女儿，也有说她们是金星神赫斯珀洛斯（Hesperus）之女，或说是擎天巨神阿特拉斯（Atlas）与海洋仙女普勒俄涅（Pleione）之女。[①]而金苹果则是大地女神盖亚在宙斯与赫拉结婚的时候送给他们的礼物，确切地说，盖亚赠给他们一株大树，树上结满了金苹果。这株大树由赫斯珀里得斯姐妹负责看管。赫拉克勒斯首先需要做的事情是找到赫斯珀里得斯，这颇费一番功夫。在找寻的途中，赫拉克勒斯做了一系列事情，其中之一是在高加索山（Caucasus Mountains）上释放了被缚的普罗米修斯（Prometheus）。根据普罗米修斯的建议，赫拉克勒斯邀请

① 赫斯珀里得斯，即“夜的仙子”，又称“日落处三仙女”，共 3 位姐妹（一说 4 位姐妹）。参见吴雅凌著《神谱笺释》，华夏出版社，2010 年，224 页。

阿特拉斯（阿特拉斯是普罗米修斯的同胞兄弟）替他去完成摘金苹果这个任务。

这个故事的关键在于它体现了赫拉克勒斯的智慧，或者说“狡黠”。我们知道，阿特拉斯的任务是背负青天。在阿特拉斯替赫拉克勒斯取金苹果的时候，赫拉克勒斯就得替阿特拉斯背负青天。阿特拉斯顺利地从赫斯珀里得斯那里取来三个金苹果之后，就不想再背负青天了。

这时，聪明的赫拉克勒斯对阿特拉斯说：“我想找一块软垫搁在头上，否则，这副重担都快把我的脑袋压裂了。”也有一种说法是，赫拉克勒斯对阿特拉斯说：“我要先请教你一下，能不能教我一个省力气的顶天姿势？”[①]反正不论是怎么说的，阿特拉斯都被说动了，认为赫拉克勒斯的要求不是不合理的，就同意再扛一会儿，或做个动作示范给赫拉克勒斯看。当然，阿特拉斯一扛回了担子，赫拉克勒斯立刻就拿着金苹果走人了。

① 林飘凉著《神话星座》，云南人民出版社，2002 年，12 页。

12

第12件任务是带回地狱的恶狗刻耳柏洛斯（Cerberus）。赫拉克勒斯竟然也做到了。至此，欧律修斯终于相信，赫拉克勒斯是不可战胜的，而他也永远不可能除掉赫拉克勒斯。

第三章

弑师

1

在上一章中，我们说到了被赫拉克勒斯毒箭伤害后寻求死亡的喀戎。喀戎死后，降入地狱。《神曲》之中，但丁在地狱第七环遇到了人马奇隆（即喀戎）：

> 中间那个垂头注视自己胸膛的人，
> 就是伟大的奇隆，他曾把阿喀琉斯抚养成人
> ……
> 我那善良的老师这时已站在他的胸前，
> 而那胸部正是人马两种本性连接的地方。①

喀戎的身世较为复杂，根据《神谱》的说法，他的母亲

① 〔意大利〕但丁著《神曲·地狱篇》，黄文捷译，译林出版社，2005年，106页。

是水仙女菲吕拉。[1]至于喀戎的父亲是谁并没有定论，目前普遍认为是克洛诺斯。无论怎样，在古希腊神话中，喀戎一直是以一位完美导师的形象出现的，荷马称赞喀戎为“人马中最通情理的智者”[2]。《浮士德》中，浮士德也对喀戎大加赞赏：

浮士德：……我不会搞错，我认识他：他就是菲吕拉著名的令郎！——停住，喀戎！停住！我有话对你讲——

喀　戎：什么话？什么事情？

浮士德：请放慢你的脚步！

喀　戎：我歇不下来。

浮士德：那么，请带我一起去！

喀　戎：骑上来吧！我好就便问问你：你往哪儿去？你站在岸边这儿，要想过河，我乐意驮你过去。

浮士德：（骑上去）往哪儿都随你高兴。我将永远感激不尽！——你是伟人，高尚的教育家，培养出多少英雄人物，自己也功成名就，例如华贵的阿

① 〔古希腊〕赫西俄德著《工作与时日 / 神谱》，张竹明、蒋平译，商务印书馆，1991 年，56 页。

② 〔古希腊〕荷马著《伊利亚特》，陈中梅译，译林出版社，2012 年，268 页。

> 耳戈号远征队的漂亮队员们，以及为诗歌界提
>
> 供题材的一切名流。[1]

《浮士德》寥寥几行妙笔生花，不仅叙述了喀戎的出生家世、社会口碑、主要功业，更描摹了喀戎的生活特质，或者说性格特质——显然这是一个办事风风火火、生活忙忙碌碌的男人，“我歇不下来”成了他的口头禅。

文韬武略无一不通的喀戎同时还深谙医术[2]，这位智慧的人马以救死扶伤为己任。这一点值得大书特书。德国学者、古典语文学家沃夫冈·莎德瓦尔德（Wolfgang Schadwaldt）称赞他道：“奇隆（喀戎）性情温柔、友善，长于狩猎、医术以及其他许多方面。人们称他为智者。”[3]或许也正是因为这个原因，和医药相关的事情，似乎总能和人马搭上点儿边。譬如，英国古典人类学家詹姆斯·乔治·弗雷泽（James George Frazer）在其著作《金枝》（*The Golden Bough*）一书中记载过这样的事情：

---

① 〔德〕歌德著《浮士德》，绿原译，人民文学出版社，2014 年，258 页。

② 喀戎曾经制作过镇痛药膏，《伊利亚特》中特别提及过此事。参见〔古希腊〕荷马著《伊利亚特》，陈中梅译，译林出版社，2012 年，83 页、268 页。

③ 〔德〕莎德瓦尔德著《古希腊星象说》，卢白羽译，华东师范大学出版社，2008 年，95 页。

> 瑞士阿尔高州的农民认为所有寄生的植物，特别是橡树上的槲寄生，在一定意义上都是神圣的。他们认为它有巨大的威力，但如果用一般的办法采它，就会减低它的力量。因此，他们采取了以下的方式：当太阳进入人马宫、月到朔日，新月之前的第一、第三、第四天，用箭射下橡树上的槲寄生，并用左手接住。这样采来的槲寄生能治小儿一切病症。[①]

人马，象征着救死扶伤；在人马的庇佑之下，药力可以有事半功倍的效果。但是在北欧神话中，希腊神话中的救人灵药槲寄生却突然变成了杀人利器。北欧神话里的博德（Baldr）[②]本来不会受到任何武器的伤害，却死于槲寄生所制的投枪。据说，世间万物都爱戴博德，因此纷纷立誓，绝不伤害于他；槲寄生是个例外，它并非不爱戴博德，只是没有立誓（或曰忘了立誓），而这一点就偏偏让坏人给钻了空子。神祇的生存和毁灭，与凡人似乎并无不同。一瞬之间，博德

---

① 〔英〕弗雷泽著《金枝》，徐育新等译，大众文艺出版社，1998 年，925 页。

② 博德是北欧神话中的光明之神，是光辉和美丽的拟人化，主管春天与喜悦。其父为阿萨神族的神王奥丁（Odin），母亲为神后弗丽嘉（Frigg），他与黑暗神霍德尔（Hoder）是孪生兄弟。——编者注

被槲寄生洞穿了心脏，一命呜呼。[①]

如果说，博德是被坏人蓄意谋害致死；那么，喀戎的死亡则是爱徒的无心之失。

前文提到，赫拉克勒斯的第4件任务本来是活捉厄律曼托斯山上的野猪。赫拉克勒斯在前往厄律曼托斯山途中，来到了弗洛斯家中。这个弗洛斯是肯陶洛斯人。肯陶洛斯人就是所谓的“人马”。谁能料及，因为一些细枝末节的争执，赫拉克勒斯竟与人马们打杀在一处。战斗的结果是赫拉克勒斯不仅打退了人马，还射箭追杀余下的人马，一直追到伯罗奔尼撒半岛东南角的玛勒河，那是赫拉克勒斯的导师喀戎居住的地方。肯陶洛斯人纷纷投奔喀戎，赫拉克勒斯向他们射去一箭，箭头擦过一个人马的手臂，射中了喀戎的膝盖。这时，赫拉克勒斯才发现他射中了老师。喀戎本人精于医道，无奈赫拉克勒斯的箭头浸过许德拉的血，含有剧毒，所以无药可医。喀戎痛苦无比，只求速死。

而更为无奈的是，喀戎是不死之身，只得永远承受毒箭穿髌之苦。活又活不好，死又死不了，情势如此，如之奈何？随着伤口不断溃烂，喀戎痛苦无比。赫拉克勒斯只得含泪告

① 参见何鹏著《北欧神话》，陕西人民出版社，2016年，101–105页。

别喀戎，答应他一定会想办法搭救他脱离苦海，但实际上赫拉克勒斯也想不出什么好办法。最后，喀戎决定放弃自己的长生不老，他愿意用自身的彻底毁灭来解脱与他经受着类似苦难的普罗米修斯。也就是说，喀戎决意用自己的死亡换取普罗米修斯的新生。后来，宙斯为嘉奖其舍己为人的精神，将喀戎升上天空，成为手持弓箭的人马座。（见图 3.1）

图 3.1 〔意大利〕青铜，“人马座”

创作于 1530—1540，现藏于美国纽约大都会艺术博物馆。

关于这个“舍生取义”的情节历来有诸多评论，基本上都是在赞颂喀戎死得大义凛然、异常壮烈。譬如，中世纪尼德兰（今荷兰和比利时）著名的人文主义思想家和神学家德西德里乌斯·伊拉斯谟（Desiderius Erasmus）就曾在其著作《愚人颂》（*The Praise of Folly*）中这样评论道：“那半人半马的著名怪物喀戎，要不是自选死亡之路，本来是可以永生不朽的。”[①]

此处，一个意味深长的联系值得一并提及，即喀戎与普罗米修斯在某种意义上都是“导师”。喀戎是英雄们的导师，他教导出了许多优秀的学生；普罗米修斯则是凡人们的导师，因为普罗米修斯给了人类许多实质性的指引与帮助，甚至还帮人类拿取了“天火”。喀戎与普罗米修斯既然都是导师，他们之间自然也就多了一份惺惺相惜的情谊了。

此处简要罗列智者喀戎的学生，他们中任何一人的事迹或成就都可称得上“惊天动地”：音乐家俄耳甫斯[②]（Orpheus）、神医阿斯克勒庇俄斯[③]（Asclepius）、大英雄赫拉

① 〔荷兰〕伊拉斯谟著《愚人颂》，许崇信等译，译林出版社，2010年，38页。

② 九位缪斯女神之首卡利俄珀（Calliope）之子。——编者注

③ 光明之神阿波罗之子。——编者注

克勒斯、“金羊毛”的获得者伊阿宋、特洛伊英雄埃涅阿斯[①]（Aeneas）、希腊联军著名将领阿喀琉斯[②]（Achilles）。可以从上述名单中看到，喀戎的学生们非富即贵，多半拥有神灵的血统。因此，不难揣想他们的导师又该是一位怎样的英雄，才能使得这些拥有强大力量（权力）的父母放心地将自己的孩子交给他教导。

① 阿佛洛狄忒之子。——编者注

② 古希腊悲剧《伊菲革涅亚在奥利斯》中有这样的诗句，说喀戎教导了“忒提斯的儿子”，即阿喀琉斯。参见〔古希腊〕埃斯库罗斯等著《古希腊悲剧喜剧集》（上、下），张竹明、王焕生译，译林出版社，2011年，432页、477页。

2

恩师最终死在了自己的爱徒手里——这是赫拉克勒斯神话中最悲恸和最凄厉的情节，也是最令后世读者“意难平”之处。

在古希腊人看来，不想当英雄的人不是完善的人，人的意义恰恰是体现在他的“英雄行为”之上的。我们在赫拉克勒斯的故事里，得到了如此印象。英雄的行为，其目的在于通过令人永志不忘的丰功伟业而达到永恒，并从中体现出一种由内而外的荣耀感。

赫拉克勒斯的故事里曾有这么一段情节，再次重申了上述原则。赫拉克勒斯在他刚刚成年、尚未踏入社会之时，曾独自坐在一块寂静的地方，思考他的人生之路。这时候，赫拉克勒斯忽然看到两位妇人向他走来，这两名女子都雍容貌美，但容貌又彼此迥异。

其中一位妇人自称“幸福女神”[1]，她对赫拉克勒斯说，只要他跟着她，就可以走上一条最舒适的生活道路，一生没有烦恼，也不用参加任何战争，甚至只需睡在温暖柔软的床上即可，衣来伸手，饭来张口。另一位妇人自称“美德女神”，她对赫拉克勒斯说，希望他能够选择她所指出的路，这条路不能保证赫拉克勒斯享受荣华富贵，但可以预测他将成就世上一切善事和大事。具体来说就是敬奉神祇，为朋友分忧，为国家解难，继而为全希腊谋幸福。

接下来，这两位妇人彼此争执了一番。最后，美德女神陈词道：“当末日来临的时候，他们不会默默地毫无光彩地走进坟墓，而他们的荣耀仍留人间，受到后世的仰慕。啊，赫拉克勒斯，如果你选择这样的生活道路，你会感到真正的幸福。”[2]两位妇人说完之后，立刻消失不见。赫拉克勒斯独自一人留在原地，思考片刻便下定决心要走“美德女神”指引

---

① 又称“欢乐女神”。——编者注

② 〔德〕施瓦布著《希腊神话故事》，刘超之、艾英译，宗教文化出版社，1996年，128页。与之相仿的，则是《伊利亚特》中对阿喀琉斯的叙述。阿喀琉斯同样面临选择，要么是为赢得不朽荣誉而战死疆场，要么是为存续凡俗性命而退出战斗。阿喀琉斯选择了前者。

的人生之路。[1]

而真正打动赫拉克勒斯的，恰恰是“美德女神”最后的那段话：一个人的生命的意义，在于追求身后的不朽。[2] 而这种不朽，只能通过建立丰功伟业来获得。这种服务人民、服务国家的精神和行动使人体验到“光彩有加”的荣耀，[3] 从而超越“默默无闻”的凡俗。也唯有如此，生命才能最终获得自我超越。

犹太裔美国政治理论家、哲学家汉娜·阿伦特（Hannah Arendt）有若干精彩讨论都是专门针对“不朽”的问题展开的。汉娜·阿伦特评论说：“从否定的角度来讲，这是一种英雄式的对所有来去倏忽的东西的蔑视。”[4] 不错，赫拉克勒斯在

---

① 对这个有趣故事的别具一格的解读，参见刘小枫著《沉重的肉身》，华夏出版社，2015 年，86–94 页。刘小枫继而考证说，这个故事在 2000 多年前就经过了 3 个人的转述：普罗狄科（Prodikos）讲给苏格拉底听，苏格拉底讲给自己的学生色诺芬听，色诺芬又讲给自己的学生听。而且，普罗狄科、苏格拉底都隐瞒了赫拉克勒斯最终的选择，这个故事并未讲完。

② 刘小枫对于“不朽”的解读同样别具一格。他认为，“不朽”的意思有两种：“属我的”和“美好的”。参见刘小枫著《沉重的肉身》，华夏出版社，2015 年，90 页。

③ 值得对照的情形是，希腊人推崇的“荣耀”在基督教看来不过是“虚荣”。参见胡泳著《众声喧哗：网络时代的个人表达与公共讨论》，广西师范大学出版社，2008 年，39 页。

④ 〔美〕汉娜·阿伦特著《过去与未来之间》，王寅丽、张立立译，译林出版社，2011 年，48 页。不过，要注意，这里既然谈到了“美德”一词，我们必须了解，希腊式的“美德”，恐怕与我们一般理解的也有所不同。复可参见胡泳著《众声喧哗：网络时代的个人表达与公共讨论》，广西师范大学出版社，2008 年，39 页。

"幸福女神"与"美德女神"的不同指引之间做选择，正是如此考虑的："幸福女神"指引的"幸福"终归来去倏忽，终归是要逝去，因而只是一种"狭隘的幸福"罢了；但"美德女神"指引的"幸福"则是"真正的幸福"，因为它可达不朽。而"不朽"几乎是古希腊哲学家们追求的终极目标。

当柏拉图（Plato）说"当造物者以永恒不变的存在作为模式创造万物时，所造物就必定完善；如果他按着被造物或变化的模式，则所造之物就不会是完善的"[①]之时，柏拉图已经在本体论的意义上肯定了"不朽"，因为"永恒不变的存在"也就意味着绝不能是"来去倏忽的东西"。进而，甚至可以说，柏拉图学派将时间与运动也一并打入否定之列，因为时间与运动恰是不朽的对立面。柏拉图的学生亚里士多德（Aristotle）曾提道："诗比历史更具有哲学性，意义更重大，因为诗所陈述的事具有普遍性，而历史则陈述特殊的事。"[②]道理大抵在于此。

那么，话说回来，为了达到不朽，该怎么办？在古希腊

---

① 〔古希腊〕柏拉图著《蒂迈欧篇》，谢文郁译注，上海人民出版社，2003年，25页。

② Aristotle, *Poetics*, New York: Dover Publications, Inc., ed.1997, p17. 英文原文如下：Poetry, therefore, is a more philosophical and a higher thing than history: for poetry tends to express the universal, history the particular。

人看来，答案似乎应该是这样的：第一，努力拼搏；第二，不可避免地与别人竞争并获取胜利。《荷马史诗》的名句完美地表达了这个思路："永远做得最好，永远胜人一筹。"[①] 这大约也是古老文明得以存续的必备条件之一。

意大利哲学家、历史学家贝内德托·克罗齐（Bendetto Croce）在谈到古希腊和古罗马的历史学的时候，曾经评论道："古典人的精神状态强烈地感受到人类勤奋的价值、人类遇到的阻碍及持续的冲突对自己的激励。"[②] 这句评论几乎就是赫拉克勒斯的一生之写照。赫拉克勒斯一辈子都在努力拼搏，遇到任何困难都是想方设法地去克服，毫不畏缩。

但同时，我们又不得不感受到，拼搏的代价必然是疲惫，因为总是没有停下来歇脚的安闲时刻，反而总是处于"累得要死"的苦痛境地。赫拉克勒斯的恩师喀戎又何尝不是如此？浮士德与喀戎搭话，喀戎答曰"我歇不下来"。匆遽的奔跑途中，喀戎也只能是"就便"与浮士德浅浅地聊上几句，而且还得让浮士德干脆"骑上来吧"。喀戎注定同样是疲惫

① 转引自〔荷兰〕约翰·赫伊津哈著《游戏的人——文化中游戏成分的研究》，何道宽译，花城出版社，2007 年，66 页。

② 〔意大利〕贝内德托·克罗齐著《历史学的理论和历史》，田时纲译，中国人民大学出版社，2012 年，116 页。

不堪的。有其师必有其徒，赫拉克勒斯大概算得上是“青出于蓝而胜于蓝”了——这也就是为什么当我们看到赫拉克勒斯的雕像时，总会感到赫拉克勒斯被塑造成一种筋疲力尽的形象。大诗人惠特曼曾用一句话予以概括：

> 我看见强壮非凡的青年赫拉克勒斯，在那里长期忠实地劳作，死去。[①]

生命的悖谬恰恰在于可贵而有限的生命常常处于无限的消耗之中。不错，“神话的深刻莫过于人类痛苦的深刻。”[②]痛苦如斯，悖谬如斯，但人之所以为人，正是在于人类敢于挑战生活的磨难和困苦，永远不会停下前进和发展的步伐。

印度的一个传说在“疲惫”这个问题上，也有着极为类似的意蕴。古印度有一位名叫穆俱昆陀[③]（Muchukunda）的国王，曾经屡屡斩妖除魔，协助天神取得了巨大的胜利。天神非常高兴，答应帮他实现一个最高的愿望。穆俱昆陀在战斗后精疲力竭，于是他要求天神赐予他永无休止的睡眠，任

---

① 〔美〕惠特曼著《草叶集》，邹仲之译，上海译文出版社，2016 年，162 页。

② 〔法〕加缪著《西西弗神话》，沈志明译，上海译文出版社，2013 年，124 页。

③ 古印度神话传说中曼陀特哩王之子，因能力出众被称为“人中之王”。——编者注

何试图叫醒他的人都会被他的第一道目光烧成灰烬。[1]不错，英雄证明了他的勇气，赢取了他的荣誉，然而这种“证明”和“赢取”也要付出极其高昂的代价。

为了达到不朽，恐怕不可避免地还要和别人竞争。哲学家汉娜·阿伦特切中肯綮：“忠实地追随一个可辨别范例和试着把自己的行为参照英雄业绩进行评估的区别，就是罗马－基督教道德与所谓的希腊争胜精神（agonal spirit）之间的区别，后者不看重任何‘道德’考虑，而只是一种……总是要成为最好的不懈努力。”[2]这里的逻辑脉络大概是这样的：希腊人希望达到不朽，视不朽为追求目标，而达到不朽的手段主要是建立丰功伟业。可怎么才能建立丰功伟业呢？这就要依靠那种所谓的“希腊争胜精神”了，即那种勇往直前的精神、那种始终追求“更高更快更强”的精神。

对于这种“希腊争胜精神”，一位日本学者曾如是评价：“对希腊人来说，只要是刺激个人向上的努力，嫉妒也并非恶德。名誉心也如此，他们不甘与人等同，总是努力要超出别人。所以，人越伟大，气宇越轩昂，随之而起的名誉心也

---

① 〔美〕约瑟夫·坎贝尔著《千面英雄》，黄珏苹译，浙江人民出版社，2016年，172页。
② 〔美〕汉娜·阿伦特著《过去与未来之间》，王寅丽、张立立译，译林出版社，2011年，63页。

越甚，也就更努力……”[1]因此，我们在与赫拉克勒斯相关的种种故事里，确实感到这种“希腊争胜精神”起着相当大的作用。譬如，肯陶洛斯人和赫拉克勒斯的打斗本是完全没有必要的，只因赫拉克勒斯非要喝那一桶酒神酿造的酒，最终混战一场，竟连自己的朋友和恩师也罹受池鱼之殃。而人尽皆知的“双胞胎”神话，其实也是这样的模式。卡斯托耳（Castor）与波吕丢刻斯（Pollux）兄弟[2]、伊达斯（Idas）与林叩斯（Lynceus）[3]兄弟，四人本同为阿耳戈英雄和好友，却因为争抢战利品，总想比对方“多拿”一些，不惜反目成仇，最终两败俱伤，以悲剧收场——我们接下来会对这个故事加以详说。

总体观之，古希腊神话中时时刻刻都在发生着此类“争来抢去”的事情，其基本目的（姑且不论其终极目的）无非

---

① 〔日〕和辻哲郎著《风土》，陈力卫译，商务印书馆，2006 年，74 页。

② 斯巴达王后勒达（Leda）之子，引发特洛伊之战的海伦（Helen）的同母兄弟，传说也是喀戎的亲传弟子。——编者注

③ 这里所言的阿耳戈英雄林叩斯，并非阿尔戈斯国王林叩斯。首先，阿耳戈英雄伊达斯与林叩斯是墨西拿（Messina）国王阿法柔斯（Aphareus）之子，也是伊萨卡（Ithace）岛国王奥德修斯（Odysseus）之妻珀涅罗珀（Penelope）的表兄弟。兄弟俩都参与了狩猎卡吕冬野猪，此次狩猎中有著名的古希腊女英雄、阿卡迪亚（Arkadien）公主阿塔兰特（Atalanta），其与迈拉尼昂（Melanion）之子帕耳忒诺派俄斯（Parthenopaeus）是攻打忒拜（今译底比斯）的七勇士之一。其次，阿尔戈斯国王林叩斯与赫拉克勒斯中间相隔 6 代人，如按每代人 14 岁即生育计算，也至少相隔 84 年。因此，阿耳戈英雄林叩斯并不太可能是阿尔戈斯国王林叩斯。—— 编者注

就是“胜人一筹”。[①] 也许这也是“希腊争胜精神”的集中表现之一。

赫拉克勒斯的故事，仿佛正是这样一个典型写照：英雄，拼尽全力，建立伟业，英名永驻，从而达到永恒与不朽。然而，其代价也不小，用德国哲学家弗里德里希·威廉·尼采（Friedrich Wilhelm Nietzsche）那句别具一格的话评价之：“谁不曾为了自己的好名声一度——牺牲了自己？”[②]

---

① 英国法理学家、哲学家、经济学家和社会改革者杰里米·边沁（Jeremy Bentham）曾经评论说：“……从事抢劫便毫无羞耻感。早先在希腊人中间就是如此。”古希腊人不仅是毫无羞耻感，几乎反倒是富于荣誉感。同一种行为，在不同的伦理框架与伦理标准之下，自然会得到极为不同甚至是截然相反的评价。详见〔英〕边沁著《道德与立法原理导论》，时殷宏译，商务印书馆，2000 年，204 页。

② 〔德〕尼采著《善恶之彼岸：未来的一个哲学序曲》，程志民译，华夏出版社，2000 年，71 页。

3

对于卡斯托耳和波吕丢刻斯这对兄弟，德国学者汉斯·利希特（Hans Licht，旧译利奇德）大为赞赏：

> 卡斯托耳和波吕丢刻斯兄弟俩是男子汉的完美形象。据说勒达是他们的母亲，是宙斯变成一只天鹅与她交合所生下的孩子。……这两个兄弟长大以后，浑身上下集中体现了小伙子的所有青春魅力。因此，一言以蔽之，他俩就是青春男子的理想形象。[①]

在民间传说中，卡斯托耳和波吕丢刻斯兄弟从很早起就一直被视为“拯救者”。据传，二人是把航海中的水手从海难中拯救出来的救星。当冬季的暴风掠过躁动的海面时，水

① 〔德〕利奇德著《古希腊风化史》，杜昌忠等译，海豚出版社，2012 年，243 页。

手就向这对宙斯之子祈祷。人们走到后甲板的最末端，向双胞胎献上一头雪白的雄兽。随后这对双胞胎可能就会突然显现，扇动着金黄的翅膀从天而降，将猛烈的飓风和将要摧毁船只的巨浪立刻平息下来。因此，水手们觉得卡斯托耳和波吕丢刻斯兄弟格外完美。[①]

古希腊神话在双胞胎这个问题上遵循了一般的传统。只不过，卡斯托耳和波吕丢刻斯兄弟有时也被看作同乘一匹马、奋勇杀敌的健硕美少年。[②]然而，刨根究底，这两位救星或是以闪亮的双星出现在海上，或是以骑马少年的形象出现在沙场中，他们原本只是某两位神秘的双神，没有更具体的特征，没有典故，也没有名字。恐怕是到了荷马的作品中，他们才有了固定的形象和清晰的外表。《伊利亚特》第三卷借美女海伦的口，这样说道：

但却不见那两位亲人，他们统帅军阵，

---

① 〔德〕莎德瓦尔德著《古希腊星象说》，卢白羽译，华东师范大学出版社，2008 年，38 页。

② 古希腊悲剧《伊菲革涅亚在奥利斯》中，王后克吕泰墨涅斯特拉曾说道：“宙斯的两个儿子，亦即我的两个兄弟，骑着马冲过来攻击你。”参见〔古希腊〕埃斯库罗斯等著《古希腊悲剧喜剧集》（上、下），张竹明、王焕生译，译林出版社，2011 年，489 页。后世的《罗马神话》也有这样的记叙：“卡斯托耳和波吕丢刻斯，他们骑着白马，从九霄云外飞驰而来，首先登上敌人营垒前的围墙。”参见〔德〕古斯塔夫 · 夏尔克著《罗马神话》，曹乃云译，译林出版社，2010 年，143 页。

驯马的卡斯托耳和波吕丢刻斯，强有力的拳手，

我的兄弟，由同一位娘亲所生。①

这几句话已经为我们勾勒出了卡斯托耳和波吕丢刻斯兄弟的大致身世。一个最常见的说法：卡斯托耳和波吕丢刻斯兄弟事实上是同母异父的兄弟。据说有一次，普琉戎（Pleuron）国王忒斯提俄斯（Thestius）之女勒达在河中沐浴时被宙斯看到，其容貌楚楚动人、姿态高贵优雅，宙斯便化作一只天鹅接近勒达，并以天鹅的形态与她交合。②就在宙斯与勒达交合的这天晚上，勒达的丈夫屯达柔斯（Tyndareos）也与她同房。十月怀胎后，勒达便生下了孪生兄弟。其中，波吕丢刻斯是宙斯之后，继承了天神的血统，长生不老，精通拳术，力道勇猛；卡斯托耳则是屯达柔斯之后，继承了凡

---

① 〔古希腊〕荷马著《伊利亚特》，陈中梅译，译林出版社，2012 年，66 页。

② 叶芝的一首诗歌曾试图描写这个场景。叶芝写道："她惊恐无力的手指，松软乏力的大腿，怎么能推得开披羽的神王？困在白色羽毛中的身体，怎能感觉不到那奇怪的心跳？"参见〔爱尔兰〕叶芝著《当你老了》，宋龙艺译，北京理工大学出版社，2015 年，120 页。《浮士德》中也对这个著名场面有一段笔墨丰盈的描写："周围的景色多美！茂密的丛林，加上清澈的流水！脱掉衣服的女人真可爱！风光越来越精彩。可有一位显得特别出众，好像出自大英雄以至天神的血统。她把脚放在透明的清泉里；高贵身躯的生命火焰冷却在波浪的柔软晶体之中。——可哪儿来了一阵疾飞翅翼的喧腾？是什么哗哗声、扑通声扰乱了光滑的明镜？少女们吓得四下逃散；唯独王后，她恬然凝望着，以自豪的女性欢悦，看见天鹅之王偎依在她的膝间，咄咄逼人而又温存缱绻。"参见〔德〕歌德著《浮士德》，绿原译，人民文学出版社，2014 年，248 页。

人的血统，擅长马术，骑射本领高强。后来，勒达又生下了宙斯在凡间唯一的女儿海伦。

法国启蒙思想家、哲学家拉·梅特里（La Mettrie）曾经说过这样的话——后来成了医护工作者们彰显其职业精神的一句箴铭："医生好像是在生命的暴风雨中的海伦的兄弟！"[①] 我们现在终于明白拉·梅特里为何如此说了，这里的"海伦的兄弟"就是指卡斯托耳与波吕丢刻斯。美国小说家爱伦·坡（Allan Poe）也曾写出过热情的句子："那对眼睛呵！那对又大、又亮、又美的眸子呵！那对眼睛成了我心目中的勒达的双星；我成了那对眼睛的最最热心的星相研究家。"[②] 而"勒达的双星"，正是指的这对健硕绝美的孪生兄弟。（见图 3.2）

另一对双胞胎——伊达斯和林叩斯，其身世亦有相仿之处。伊达斯真正的父亲是波塞冬，林叩斯的父亲是国王阿法柔斯。因而，正如卡斯托耳和波吕丢刻斯兄弟一样，伊达斯和林叩斯兄弟也是同母异父的双胞胎兄弟。伊达斯身形巨大，特别能吃，是个饕餮之徒；林叩斯目力过人，据说能看透一切事物。

---

① 〔法〕拉·梅特里著《人是机器》，顾寿观译，商务印书馆，1959 年，9 页。

② 〔美〕爱伦·坡著《爱伦·坡短篇小说集》，陈良廷等译，人民文学出版社，1998 年，20 页。

图 3.2 〔古罗马〕大理石雕像，“卡斯托耳和波吕丢刻斯”

约创作于公元 3 世纪，藏于美国纽约大都会艺术博物馆。关于波吕丢刻斯的常见翻译：Pollux 与 Polydeuces 是指一个人，前者是希腊文，后者是拉丁文。

一直以来，伊达斯、林叩斯兄弟和卡斯托耳、波吕丢刻斯兄弟都能和睦相处。直到有一次，四个人一起去北部邻国阿卡迪亚抢夺牛群。满载而归之后，四人决定把一头牛分成四份，每个人都必须把自己的 1/4 吃光。第一个吃完的人可以获得一半的牛群，第二个吃完的人可以得到另一半。显然，这是一个荒谬而可笑的分配方案。伊达斯本身就以能吃而著称，他怎么会输呢？果然，伊达斯在很短的时间内吃完了自己的那一份，还帮林叩斯吃完了他的那一份。所以，按照约定，整群牛都归伊达斯与林叩斯兄弟所有，卡斯托耳与波吕丢刻斯兄弟不得不空手而归。从此，他们这两对双胞胎之间产生了嫌隙。

一段日子后，卡斯托耳与波吕丢刻斯兄弟又被伊达斯与林叩斯兄弟奚落，愤怒的卡斯托耳与波吕丢刻斯兄弟无法咽下这口气，就悄悄偷走了伊达斯与林叩斯兄弟的牛群——也就是当初他们一起从阿卡迪亚抢走的那群牛。卡斯托耳与波吕丢刻斯兄弟偷牛之后，就躲在一颗空心的橡树里躲避伊达斯与林叩斯兄弟的追赶。但林叩斯用他锐利的目光穿透了树干，发现了卡斯托耳与波吕丢刻斯兄弟。于是，伊达斯用长矛狠狠地刺向橡树树干，击中了卡斯托耳。波吕丢刻斯一跃而出，击杀了伊达斯与林叩斯兄弟。

可是，并肩作战的两兄弟却有着不同的命运：波吕丢刻斯即便负伤也不会死去，因为他是可以永生的半神；卡斯托耳却因负伤而生命垂危，他只是凡人而已。在这生死离别的刹那，波吕丢刻斯向父亲宙斯祷告，希望能赐予卡斯托耳永恒的生命，因为他无法想象没有弟弟卡斯托耳陪伴的日子。

宙斯拒绝了波吕丢刻斯的要求，但提出了一个“退而求其次”的方案，问他是否接受：如果波吕丢刻斯想替弟弟求情，让弟弟与他分享同样的命运，他俩就必须一半的时间住在地下，另一半时间方可在天上逗留。[①]波吕丢刻斯听宙斯如此说，未有任何踌躇，立即说他愿意接受。从此，这两兄弟就轮流着，一天居住在宙斯的奥林匹斯山上，另一天则居住在大地的深渊（地狱）里，两人分享着同样的命运。当然，这个结局的确只是“退而求其次”，因为，卡斯托耳和波吕丢刻斯从此亦无法朝夕相处，一个在天上的时候，另一个就必须在地下，对于一对孪生兄弟来说，这又何尝不是一种极大的痛苦？

也有学者不同意这种悲凉的结尾。譬如，法国学者、古希腊文化研究专家让－皮埃尔·韦尔南（Jean-Pierre Vernant）宁愿相信一个略微偏向喜剧气氛的结尾：两兄弟一直在一起，一半时间里共同分享神仙之身，并在另一半时间里共同承受地狱的煎熬，两兄弟共同进退。[②]事实上，学者们依据的经典文本本来就语焉不详，既欢喜又哀伤，《奥德赛》在第十一卷中讲到了卡斯托耳与波吕丢刻斯的结局：

① 一说分给卡斯托耳一半的寿命。——编者注

② 〔法〕让－皮埃尔·韦尔南著《众神飞飏：希腊诸神的起源》，曹胜超译，中信出版社，2003年，81页。

驯马的卡斯托耳和强劲的波吕丢刻斯，拳击的健儿。
滋养生命的泥土已将他俩埋葬，
但他们仍然活着，即使在地表下面，接受宙斯
赐送的荣誉，隔天生死，轮番
存活，享领的光荣有如神祇一般。[①]

古希腊人普遍认为，最坏的事是立即死去，其次坏的事是总有一天会死去。古希腊悲剧故事所表现的主题多是对死亡和命运的抗拒及其失败。如此看来，卡斯托耳与波吕丢刻斯兄弟的故事，可以算是一个称不上悲剧的“悲剧”：二人不断地死去，又不断地重生。从某种意义上说，他们两兄弟从此生活在了生死的永恒轮回之中，分享着或者说分担着同样的命运。在这个意义之下，另外两个故事——达纳伊达斯的水缸和推石头上山的西西弗斯也有着异曲同工之妙。

① 〔古希腊〕荷马著《奥德赛》，陈中梅译，译林出版社，2012 年，286–287 页。

第四章

纺线

1

赫拉克勒斯的种种故事体现了古希腊人的生命观，即英雄旨趣与男性气质崇拜。对于英雄旨趣，我们已经在上一章中进行了详细论述，本章将继续阐述男性气质崇拜。

“男性气质崇拜”的前提是男性有男性气质，女性有女性气质，女性气质和男性气质被认为是两种截然不同的心理特质。女性气质的特征是谦逊、温柔、谦卑、坚忍、有同情心、能移情、温和、有关爱之心、直觉、敏感和无私。相反，男性气质的特征是有坚定意愿的力量、有勇气、有野心、果断、独立、有进攻性、心肠硬、情绪控制力强，以及使用逻辑思维、抽象思维和分析思维进行理性思考。[①] 赫拉克勒斯的故事，被关注、被歌咏、被传颂、被铭记，大概正是因为古希腊人

① 〔美〕约书亚·梅罗维茨著《消失的地域：电子媒介对社会行为的影响》，肖志军译，清华大学出版社，2002 年，180 页。

特别崇拜男性气质。这样一位勇于开山、敢于屠狮的伟丈夫，听了他的故事，人们的确是会肃然起敬的。（见图 4.1）

然而，我们不禁要问，两性分野，其理由何在？事实上，如果不能将原因说清楚，我们也就很难判断如此分野究竟有什么合理之处。有学者是这么认为的：

> 父亲这一矛盾角色的关键之一就是他永远不能像一个女人那样去彻底地体验创造生命的作用。没有任何一个过程会使他全身心地彻底地投入，像成为母亲对一个女人的要求那样。男人就是利用这个事实而将女人束缚在母亲的角色上，之所以如此，仅仅是因为他们对女人生物学上的创造性怀有深刻的妒忌。在生殖之后，父亲必须去别处寻找他的用武之地。他常常离开（或被迫离开）家门去继续体验他的创造性。①

上述观点的核心是，男性必须外出并主动寻求某种“创造性”，否则就彰显不出男性的价值，因为男性没有办法“体验”生物学意义上的“创造性”。而在另一位学者的笔下，

① 〔美〕阿瑟·科尔曼、莉比·科尔曼著《父亲：神话与角色的变换》，刘文成、王军译，东方出版社，1998 年，11 页。类似的观点，参见〔美〕约书亚·梅罗维茨著《消失的地域：电子媒介对社会行为的影响》，肖志军译，清华大学出版社，2002 年，195 页。

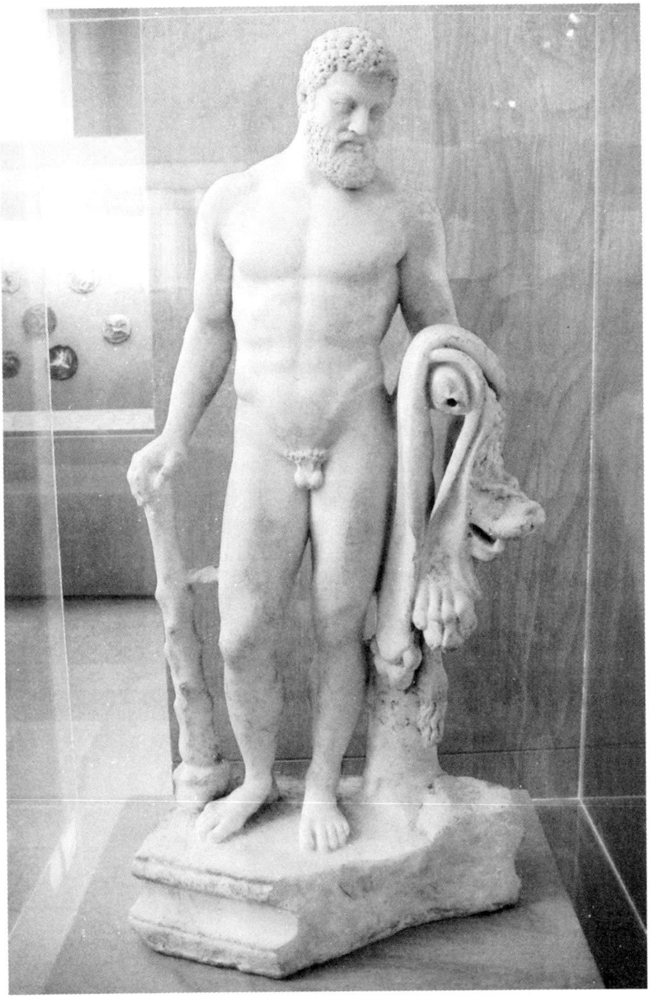

图 4.1 〔古罗马〕雕塑，“赫拉克勒斯”

约公元 117—138 年，现藏于美国波士顿艺术博物馆。这尊雕像将（已不再是青年的）大英雄的“疲惫之感”刻画得十分到位。

上述观点得到了复现：

> 男人的力量……在于他们性别的相对自由，允许他们摆脱一些出于不可避免的种族需要而去完成的各种与生育有关的社会事务，而女人们更多的是被集体地（与个人化地相对而言）束缚在这些社会事务中。[①]

在英国学者约翰·麦克因斯（John MacInnes）看来，男性没有办法“体验”生物学上的创造性，反倒是好事，因为男性获得了自由。而女性因为被各种与生育有关的社会事务时时纠缠，不得不“体验”生物学上的“创造性”，也因此被彻底束缚住了。那么，不得不在家里“搞创造”的妈妈们，总归是要“温柔”一些的，不然很难抚育后代；而不得不在家门外“寻觅用武之地”的爸爸们，总归是要“果断”一些的，不然很难应对危险。

当然，上述这些说法也不过是某些学者的学术观点罢了，也不一定就是无误的。在学术界，还有学者试图对男性气质提出尖锐的批判性意见，代表人物是美国学者埃兹拉·康奈

① 〔英〕约翰·麦克因斯著《男性的终结》，黄菡、周丽华译，江苏人民出版社，2002年，62页。

尔（Ezra Cornell）。康奈尔对男性气质的若干批判，反倒更加值得留意与借鉴。[①] 我们把康奈尔提及的几重批判，归纳大意如下。

第一，对本质主义的批判。本质主义的定义经常是抽取一个特征作为男性气质的核心，并以此为依据来解释男人们的生活。本质主义的主要弱点：本质的选择是相当任意的。本质论者无法找到共同认可的本质。男性气质的“共同认可的本质”究竟从何谈起？是所谓的“果断”吗？“果断”到底所指为何？或者，是所谓的“阳刚”吗？“阳刚”到底所指为何？是野心？还是进攻性？又或者是不合群？我们无法获得任何确定的标准，无所适从。

第二，对实证主义的批判。实证主义社会科学思潮对男性气质有一个简单的定义，即所谓男性气质就是男人实际上是什么。这种理论的弱点主要在于，这些定义所赖以建立的描述，表面上是中立的，但其本身就是建立在对性别的某种假定上的。譬如说，为了得到一张具有男性气质/女性气质的量表，必须在设计的时候就考虑到：应该计算些什么或罗列些什么。换句话说，实证主义其实是一种“观念先行”的

① 〔美〕R. W. 康奈尔著《男性气质》，柳莉等译，社会科学文献出版社，2003年，93–95页。

研究，它对于真理的揭示即使不是错误的也是非常有限的。之所以要执行这样而不是那样的实证调查，之所以要设计这样而不是那样的问卷量表，恰恰是因为“观念”（“权力”）早已在前方加以刻意引导了。

第三，对规范性定义的批判。规范性的定义给出了一个标准：男性气质就是男人应该是什么。这种理论的弱点主要在于，实际上很少有男人能够符合这种标准或规范。对于几乎没有人能达到的规范，到底什么是“规范”？规范性定义或许只能在“幽默”的意义上开开玩笑罢了——譬如“一分钟做不了60个仰卧起坐的男人就不够阳刚”或者“拥有男性气质的男人至少拥有六块腹肌”等，却不可能是任何意义上的严肃观点。至于更多花里胡哨的所谓“标准”，诸如“麒麟臂”“公狗腰”之类[①]，不过谐谑逗乐罢了。

康奈尔的几重批判，给我们的启发是莫大的。事实上，简单梳理一下历史就会发现，古今中外，某种固定的男性气质似乎从来就不存在。或者说，即使存在，也是非常多元化的存在，而绝不是单一的。譬如，《荷马史诗》记载过将军

① 参见吕鹏撰《线上情感劳动：短视频 / 直播、网络主播与男性气质——基于快手的数字民族志研究》，载于《社会科学》2021年第6期。

尼柔斯[1]（Nireus）的事迹，据说这位将军是：

……特洛伊城下最美的男子汉，容貌

仅次于无可比及的阿喀琉斯，在达奈人中间。

但是，此人体弱……[2]

一个体质羸弱、容颜姣好的男人，也是披挂上阵、气势不凡的将军，这并无任何不妥。按一般人的眼光来看，另一位“阳刚之气”爆棚的将领阿喀琉斯，其实也是一位内心温柔、敏感的人，在“伊菲革涅亚之祭”事件中，他是唯一不屑于参与这个诡计的将领。更何况，阿喀琉斯容颜俊美，尤在尼柔斯之上。这些充满了“男性气质”的大英雄，与温柔、和善、敏感这些词汇并不冲突。

更有意思的是，本书的主人翁赫拉克勒斯，作为伟岸男性的代表，也曾从事纺羊毛的职业。据传，赫拉克勒斯曾为吕底亚（Lydia）的女王翁法勒（Omphale）服役，后来赫拉克勒斯与女王翁法勒成婚。[3] 在家里，赫拉克勒斯一边按部就

---

① 据传，尼柔斯是泉水女神卡娜刻（Canace）之子。——编者注

② 〔古希腊〕荷马著《伊利亚特》，陈中梅译，译林出版社，2012 年，48 页。

③ 〔德〕施瓦布著《希腊神话故事》，刘超之、艾英译，宗教文化出版社，1996 年，153–155 页。

班地纺羊毛，一边兴致勃勃地给围坐在自己身旁的妻子以及诸多女佣们讲他年轻时候的丰功伟绩，大家都听得津津有味。这样一幅生机盎然、欢声流溢的画面，恐怕并不会让读者心生厌烦，反倒喜闻乐见。另一个旁证是，根据阿根廷诗人豪尔赫·路易斯·博尔赫斯（Jorge Luis Borges）的考证，赫拉克勒斯有一个雅号，叫作“三重夜晚的七弦琴”（the lyre of threefold night）。[①] 前文提到，宙斯与阿尔克墨涅的洞房花烛夜持续了三天三夜，才有了赫拉克勒斯这个十分了得的儿子，雅号的渊源即在于此。而一个“力拔山兮气盖世”的大力士也可以被顺理成章地称呼为“七弦琴”，亦庄亦谐，或刚或柔，并没有什么矛盾。

在中国历史上也有类似的案例。典籍中记载，孔子的得意门生——子贡相貌秀美且伶牙俐齿，子路直爽坦诚且勇猛有力。二人性格截然相反，但都是孔子的高徒。中国魏晋时期的男人们普遍注重仪表，待人处事容易动感情，其言行特质被后人尊奉为“魏晋风骨”或“魏晋风流”，这大概算得上是一种既慷慨又温婉、既率真又忧郁的男性气质。

总而言之，“男性气质”即使存在，也是非常多元化的

① 〔阿根廷〕博尔赫斯著《诗艺》，陈重仁译，上海译文出版社，2015 年，115 页。

存在，这应该是我们的共识。那么，为什么我们一般反倒不认可多元化男性气质呢？这与“刻板成见”[①]有关。英国著名人类学家玛丽·道格拉斯（Mary Douglas）指出：“对刻板状态的向往存在于我们所有人之中。我们人类状态的一部分就是渴望强硬路线和清晰概念。”[②]即是说，人们倾向于忽略多元、复杂、模糊不清、摇摆不定的情况，而热衷于强硬、清晰、非黑即白、非此即彼的状态。这种状态不仅容易辨认，也容易记忆，人类的心灵总是倾向于“犯懒”。但是，正如道格拉斯所强调的，当我们拥有了“刻板成见”时，就不得不面对这样的现实：要么对一些事实本质概念故意有所遗漏，要么是自我蒙蔽于概念的不充分性。不错，男性气质和女性气质恰恰就是这样一些多元、复杂、模糊不清、摇摆不定、宛如连续光谱一般的存在。将男性气质固定化，或者将女性气

① “刻板成见”（stereotype），多译为“刻板印象”“刻板效应”，是美国政治学家和传播学家沃尔特·李普曼（Walter Lippmann）在其1922年出版的《舆论》（*Public Opinion*）一书中提出的传播学与心理学概念。——编者注

② 〔英〕玛丽·道格拉斯著《洁净与危险》，黄剑波等译，民族出版社，2008年，198页。此处，笔者还想提及《伊索寓言全集》中关于“鬣狗”的两则寓言。伊索说，鬣狗每年更换一次性别，或由雌变雄，或由雄变雌。显然，抛开寓言的陆离外衣，这两则寓言共同指向了一个群体：所属性别难以归类者，或曰，性别多变者。伊索对性别的非恒常性质、非刻板状态，是有相当的警醒意识的，只不过，其文艺表现手法夸张了一些而已。参见〔古希腊〕伊索著《伊索寓言全集》，李汝仪译，译林出版社，2010年，236页。

质固定化，都是不够负责任的。

法国的社会学家马塞尔·莫斯（Marcel Mauss）在其著作《礼物》（*Essai sur le don: Forme et raison de l'échange dans les sociétés archaïques*）中有一段关于特罗布里恩（Trobriand）群岛的西纳基塔（Sinaketa）部落的人类学考证。这个部落流行一种用漂亮的红色海菊蛤精雕细琢而成的项链，这种项链一般由女士佩戴，但在特殊的情况下，男士也可以佩戴。[1]也就是说，这种艳丽贵重的珍宝饰品，无论男女，任何人都喜欢，男性饰品与女性饰品之间并无僵固分界。

固定的男性气质（女性气质）往往会作为各种意识形态及幻想的需求而存在，这是我们需要了解的事实。不对这个事实有所洞悉或思考，就很难得出有效的后续结论。

① 〔法〕马塞尔·莫斯著《礼物》，汲喆译，商务印书馆，2019年，47页。

2

从理论分析上讲，将男性气质固定化，或者将女性气质固定化，都是不负责任的。但是从历史考证的角度来看，事情又体现出了更为复杂的棱面。一个关键的问题是：古希腊妇女的地位究竟如何？大部分学者认为，古希腊的妇女普遍没有地位，她们是作为古希腊的男性附属品而存在的。古希腊悲剧《伊菲革涅亚在奥利斯》（*Iphigenie auf Tauris*）中，即将被献祭的少女伊菲革涅亚[①]（Iphigenie）如是说道："一个男人看见阳光，胜似无数的女人活在世上。"[②]

《美狄亚》（*Medea*）中的女主角美狄亚（Medea），也曾

① 迈锡尼公主，迈锡尼国王阿伽门农（Agamemnon）与王后克吕泰涅斯特拉（Clytemnestra）的名义上的长女，实则为王后的亲姊妹海伦被雅典国王忒修斯劫持后生下的私生女，卡斯托耳与波吕丢刻斯兄弟在救回海伦后，便将伊菲革涅亚送给了阿伽门农夫妇抚养。后海伦嫁给了阿伽门农的弟弟墨奈劳斯（Menelaus）。——编者注

② 〔古希腊〕埃斯库罗斯等著《古希腊悲剧喜剧集》（上、下），张竹明、王焕生译，译林出版社，2011 年，503 页。

有过一大段独白，说的也是“女人不如男人”的问题，她为此着实懊恼：

一个男人如果对自己家里的人厌烦了，
他可以走出去散散心里的烦闷，
或找朋友或找一个同年辈的人。
可是我们女人就只能指望一个人。
男人说我们女人安居家中
没有生命危险，他们却要拿枪打仗。
这话没有道理：我宁愿手持盾牌
三次上阵，而不愿生一次孩子。[①]

在悲剧《特洛伊妇女》(*Trojan Women*)中，安德洛玛刻(Andromache)也这样叙述道：

一个女人——无论有无什么
别的缺点——如果不待在家里，
就会给自己带来不好的名声，

① 〔古希腊〕埃斯库罗斯等著《古希腊悲剧喜剧集》(上、下)，张竹明、王焕生译，译林出版社，2011年，537页。

因此，我克制着外出的愿望，守在家里。[①]

诗行如此，应该可以被视作古希腊妇女生活面貌的写照。所以，人类学家、历史学家路易斯·亨利·摩尔根（Lewis Henry Morgan）斩钉截铁地表示："在荷马时代的希腊人中，妇女在家族中处于与外界隔绝的地位，受其丈夫的统治，没有充分的权利，非常不平等。"[②] 但是，诸如英国学者基托所写的《希腊人》这样的著作，倒也提出过不少反驳，认为古希腊妇女的境况似乎还不赖。弗里德里希·恩格斯（Friedrich Engels）在其著作《家庭、私有制和国家的起源》中写过这样一段中肯的评价：

妇女的这种被贬低了的地位，在英雄时代，尤其是古典时代的希腊人中间，表现得特别露骨，虽然它逐渐被粉饰伪装起来，有些地方还披上了较温和的外衣，但

① 〔古希腊〕埃斯库罗斯等著《古希腊悲剧喜剧集》（上、下），张竹明、王焕生译，译林出版社，2011 年，642 页。

② 〔美〕路易斯·亨利·摩尔根著《古代社会》（上、下），杨东莼等译，商务印书馆，1977 年，387 页。

是丝毫也没有消除。[1]

那么，究竟是“露骨”，还是“披上了外衣”？对此，学术界存在着大量争论。无论如何，男性与女性的竞争与合作，乃是人类历史上的永恒主题，从未止歇过，也从未湮灭过。赫拉克勒斯神话所带给我们的遐思也无穷无尽。

---

① 〔德〕恩格斯著《家庭、私有制和国家的起源》，中央马列编译局译，人民出版社，1999 年第 3 版，57 页。复可参见〔美〕布鲁斯·马兹利什著《文明及其内涵》，汪辉译，商务印书馆，2020 年，11 页。

第五章

传信

1

赫拉克勒斯救过许多人，其中有一位比较特殊，名叫阿塔马斯（Athamas）。赫拉克勒斯为他带来了一则重要的口信，救了这个既招人恨又惹人怜的比奥提亚（Boeotia）国王。

阿塔马斯与云间仙女奈菲拉（Nephele）居住在当时古希腊最富裕的城邑奥耳科墨诺斯（Orchomenos），二人育有一双儿女，姐姐叫赫勒（Helle），弟弟叫佛里克索斯（Phrixos）[①]，一家人生活得十分幸福。后来因为某些变故，国王阿塔马斯开始宠幸被赫拉赶出故国的忒拜公主伊诺（Ino），并迎娶了她。失宠的奈菲拉在悲恸与无奈之下不得不离开了国王和她的孩子们，返回云间。

伊诺的名气比她的夫君阿塔马斯还要大些。根据《神谱》

① 一说为兄妹。——编者注

的记载，伊诺的父亲是大名鼎鼎的卡德摩斯（Cadmus）——忒拜城的建造者、俄狄浦斯的先祖；而伊诺的母亲则是哈尔摩尼亚（Harmonia）——爱与美的女神阿佛洛狄忒与战神阿瑞斯所生的女儿。[①] 换句话说，伊诺是阿佛洛狄忒的外孙女，因此也完全继承了女神妖娆妩媚的风韵。

伊诺成了继母之后，一开始确实是真心疼爱赫勒和佛里克索斯，可等她自己的孩子出生后，她便想方设法要置赫勒和佛里克索斯于死地。为了除掉两个孩子，伊诺甚至想出了毒辣无比的计策。她先说服全国妇女把第二年将要播撒下地的种子烘焙一遍。这些种子撒播下地之后，就烂在地里结不出粮食。饥荒肆虐了整个国家。国王阿塔马斯前往德尔斐神庙祈求神谕，得到的回答是：只有把前妻所生的儿子佛里克索斯作为祭品献给宙斯的祭坛，土地才会重新结出果实。实际上，是伊诺收买了神的使者，让他们递交出这则欺骗性的神谕。

忍无可忍的奈菲拉只得向众神的使者赫耳墨斯（Hermes）求救。赫耳墨斯十分同情奈菲拉与她的儿女，就送给奈菲拉

① 〔古希腊〕赫西俄德著《工作与时日 / 神谱》，张竹明、蒋平译，商务印书馆，1991 年，55 页。

一只浑身长满纯金的毛、生有双翼的飞天公羊，这就是大名鼎鼎的金毛羊。奈菲拉一边抹着眼泪，一边催促自己的儿女骑到羊背上。很快，金毛羊凌空飞翔，驮着姐弟二人逃离苦海。（见图 5.1）但恰恰就在这个时候，令人万分唏嘘的情节出现了：金毛羊反复告诫赫勒与佛里克索斯，在飞行途中，千万不能向下看，而不幸的是，姐姐赫勒还是不由自主地向

图 5.1 〔古希腊〕赤陶饰板，“佛里克索斯被公羊所驮越海而行”

约创作于公元前 450 年，现藏于美国纽约大都会艺术博物馆。

下看了一眼，发现下面是汪洋一片，立时感到头晕目眩，竟从羊背上坠落下去，掉在海里淹死了。那片海从此就被称为赫勒斯滂特海峡（Hellespont Strait）。

汤因比在《历史研究》里写过这样的句子："在亚历山大的铁蹄踏过赫勒斯滂海峡[①]两个世纪里，希腊文明就扩张到亚洲和尼罗河流域。"[②]有学者考证说，赫勒斯滂特海峡就是现今的达达尼尔海峡（Dardanelles Strait）。[③]佛里克索斯眼睁睁地看着自己的亲姐姐就此殒命，毫无施救之力。最终，佛里克索斯平安地到达了黑海沿岸的科尔基斯（Colchis），受到了当地国王埃厄忒斯（Aietes）的热情接待。埃厄忒斯还将自己的女儿卡尔塞俄佩（Chalciope）许配给了佛里克索斯。这桩婚姻使佛里克索斯有了 4 个儿子。随后，佛里克索斯按照母亲的叮嘱，将金毛羊的骨与肉献祭给了宙斯，而将它的皮毛献给了收留自己的埃厄忒斯。

值得一提的是，国王埃厄忒斯也是一个重要人物，他的身世极为显赫。埃厄忒斯的女儿美狄亚则是古希腊神话中著

---

① 即前文所述赫勒斯滂特海峡。——编者注

② 〔英〕阿诺德·汤因比著《历史研究》（上、下），上海人民出版社，2010 年，190 页。"斯滂"就是"海"的意思。《伊利亚特》第七卷第 86 行诗也提及了"赫勒斯滂"，参见〔古希腊〕荷马著《伊利亚特》，陈中梅译，译林出版社，2012 年，153 页。

③ 陈久金著《泄露天机——中西星空对话》，群言出版社，2005 年，247 页。

名的金眸女巫喀耳刻（Circe，又译瑟曦）的亲侄女。追溯他们父女的身世，可以令我们更清晰地看清古希腊神话故事中的人物关系。下面，我们就将埃厄忒斯父女的家谱作为典型加以回溯。

按古希腊诗人赫西俄德的说法，最先产生的是卡俄斯（Chaos，混沌），其次便产生大地盖亚、大地深处的塔耳塔罗斯、爱神厄洛斯①（Eros）。大地之神盖亚首先生了乌拉诺斯（相当于乌拉诺斯没有父亲），乌拉诺斯就是繁星似锦的天空。乌拉诺斯（天）与盖亚（地）交合，生了12个孩子，其中6个男孩、6个女孩，他们分别是俄刻阿诺斯（Oceanus，忒提斯的丈夫）、科俄斯（Coeus，福柏的丈夫）、克利俄斯（Crius）、许珀里翁（Hyperion，忒亚的丈夫）、伊阿珀托斯（Iapetus）、忒亚（Theia）、瑞亚（Rhea）、忒弥斯（Themis，时序女神之母）、谟涅摩绪涅（Mnemosyne，缪斯之母）、福柏（Phoebe）、忒提斯（Tethys）、克罗诺斯（Kronus，第二代神王）。

这12个孩子中的忒亚（光明女神）与许珀里翁（太阳

① 在晚期希腊神话中，厄洛斯是阿佛洛狄忒和阿瑞斯的小儿子，常被描绘为一个手拿弓箭、光着小脚丫、长有一对小翅膀的淘气小男孩，后来厄洛斯的形象又转变为一个容貌英俊的男青年。——编者注

之神）相爱，生下了魁伟的赫利俄斯（太阳神）。而俄刻阿诺斯的女儿珀耳塞伊（Perseis）则与赫利俄斯结合，生下了埃厄忒斯和喀耳刻。埃厄忒斯成年后，又娶了俄刻阿诺斯的女儿伊底伊阿（Idyia）为妻，生下了美狄亚。[1]

简单总结为图 5.2：

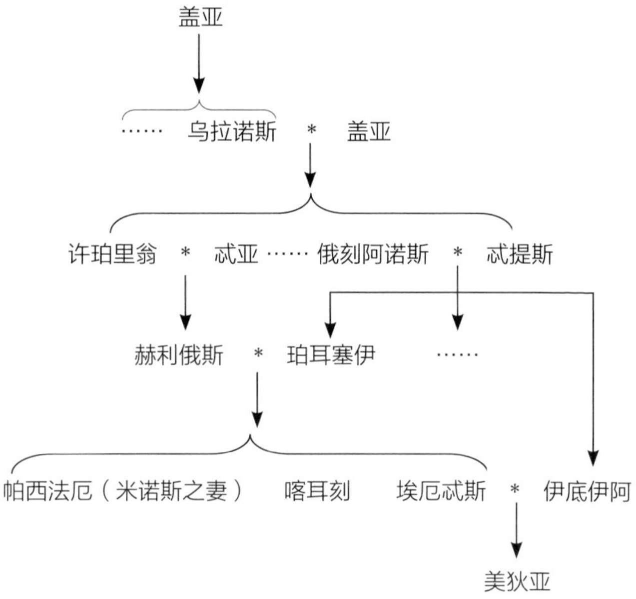

图 5.2 美狄亚及其家族

① 〔古希腊〕赫西俄德著《工作与时日 / 神谱》，张竹明、蒋平译，商务印书馆，1991 年，54–55 页。

宙斯在接受了佛里克索斯的祭品后，将金毛羊的灵魂提到天界，以表彰金毛羊除危救难的英雄行为，金毛羊自此就成了现在人们熟知的白羊座。金羊毛被献给埃厄忒斯后，埃厄忒斯又将这一礼物转献给战神阿瑞斯，将金羊毛钉在纪念阿瑞斯圣林里的一棵千年橡树上，并派一条火龙看守着。

从此，几乎全世界的人都开始觊觎金羊毛，企图将之据为己有，因为大家都知道金羊毛是无价之宝，它还能为国家带来丰收和富饶。而最终花落谁家呢？第二阶段的故事就此开场——金羊毛的争夺。

在开始讲述第二阶段的故事之前，有必要在此提及两个话题。

第一个话题：从上面这个故事可以看出，金毛羊是只勇猛、刚健的动物，它能够驮着两个人（后来剩下一个人），凌空飞行万里之遥，因此将金毛羊描绘为一只羸弱、怯懦的动物是很不明智的。多数时候，金毛羊象征的是一种勇猛的精神，且一般认为它是一只公山羊。《玫瑰的名字》（*The name of the rose*）曾提道：“有一本书中写道，钻石只能用雄山羊的血才能切割开。”[①] 公山羊往往被赋予了符号化的意义：坚韧而刚毅。

第二个话题是关于阿塔马斯一家的，这后半段故事主要见于《金枝》的若干记载。刚刚已经提到，阿塔马斯宠幸女子伊诺。阿塔马斯和伊诺生有两个儿子：勒阿耳科斯（Learchus）、墨利色蒂斯。此时出现一则神谕，要求国王阿塔马斯本人为全国充当赎罪的祭品，因为他害死了自己的亲生子女。于是人们用花冠把阿塔马斯装扮成祭品的样子，领他到祭坛去，在那里他们正要献祭阿塔马斯的时候，阿塔马斯被救了。据传，赫拉克勒斯带来了国王的儿子佛里克索斯还健在于世的消息。这样，阿塔马斯姑且没死，不过他后来发了疯，误把儿子勒阿耳科斯当成一头野兽，将勒阿耳科斯射死。后来阿塔马斯又想要他剩下的儿子墨利色蒂斯的命，但孩子的母亲伊诺救了这孩子，在逃跑的过程中，她带着孩子一起从高崖跳入海中，母亲和儿子从此都变成了大海中的精灵。[②] 这样，不幸的阿塔

---

① 〔意大利〕翁贝托·埃科著《玫瑰的名字》，沈萼梅、刘锡荣译，上海译文出版社，2015 年，358 页。

② 关于伊诺，《奥德赛》第五卷有一些篇幅涉及，参见〔古希腊〕荷马著《奥德赛》，陈中梅译，译林出版社，2012 年，135 页。伊诺怜悯奥德修斯，并帮助奥德修斯渡过难关，其时伊诺已然“生活在大海深处，享受女神的荣誉”。此外，伊诺又名琉科忒，被俄耳甫斯教尊奉为“狄俄尼索斯的养母”“神圣的女神”。参见吴雅凌编译《俄耳甫斯教祷歌》，华夏出版社，2006 年，132 页。

马斯失去了两任妻子、两双孩子，他离开了他的国家，他问神谕他该住在什么地方，神谕指示他应该住在任何野兽招待他的地方。果然，阿塔马斯落入一个狼群之中，此时群狼正在吃羊，而当群狼见到阿塔马斯时就都默默跑开了，留给阿塔马斯一堆它们吃剩的血淋淋的羊的骸骨。因为阿塔马斯没有为全国充当赎罪的祭品，因此神谕再次传来：阿塔马斯家每一代的最年长的子嗣，只要进入市镇大厅就一定得被献祭。[①]此后，阿塔马斯及其后人就被笼罩在这样的恐怖气氛中，在希腊神话中成为一个既悲哀又惊悚的符号。

中国学者林飘凉在《神话星座》一书中写到了另外一脉，即酒神狄俄尼索斯（Dionysus）的出生。狄俄尼索斯出生时，其母塞墨勒（Semele）已死[②]，而塞墨勒的妹妹就是伊诺，伊诺是狄俄尼索斯的小姨。狄俄尼索斯由伊诺与阿塔马斯精心抚养，这招致了塞墨勒的情敌——赫拉（Hera）的忌恨。赫拉设法使阿塔马斯发疯，误杀了自己的儿子，阿塔马斯不仅自己成了孤家寡人，而且牵连整个家族永世受苦。

---

① 〔英〕弗雷泽著《金枝》，徐育新等译，大众文艺出版社，1998 年，426–427 页。关于阿塔马斯及其后人的献祭，复可参见〔古希腊〕希罗多德著《希罗多德历史》（上、下），王以铸译，商务印书馆，1959 年，639 页。

② 因天后赫拉嫉妒塞墨勒，撺掇塞墨勒以凡人之躯面见宙斯天颜。宙斯在展露真身后，塞墨勒便被宙斯周身的火焰烧为灰烬，临死前生下了狄俄尼索斯。——编者注

根据这个故事版本，我们可以得出结论：伊诺虽是个坏继母，但在养育狄俄尼索斯这件事上是有功的；而阿塔马斯一家的悲惨结局则是被酒神狄俄尼索斯与其母塞墨勒牵连了。这样看的话，阿塔马斯的故事又多了一点人情味。阿塔马斯作为凡间之人，不幸被卷入了神界的明争暗斗，他和他的后人都成了可怜的牺牲品。

2

自从“金毛羊”变成“金羊毛”，第二阶段的故事也就随之开始了，即金羊毛的争夺战。

伊阿宋（Iason/Jason）是一个争议颇多的男子，他是金羊毛争夺战中的一号男主人公。根据古希腊神话，伊阿宋的任务即取得金羊毛，而伊阿宋之所以冒这个险，也是被他的叔父珀利阿斯（Pelias）逼迫的。《神谱》用“傲慢”“蛮横”“强暴”三个词来形容珀利阿斯[①]。

历经千难万险，伊阿宋与他的战友们来到了科尔基斯。但科尔基斯国王埃厄忒斯当然不会那么轻易地答应将镇国之宝金羊毛赠予伊阿宋。进退无路之时，一个在希腊神话故事中尤为著名的人物登场了，她就是国王埃厄忒斯的小女儿美

---

① 〔古希腊〕赫西俄德著《工作与时日 / 神谱》，张竹明、蒋平译，商务印书馆，1991 年，55–56 页。

狄亚（Medea）。美狄亚是女祭司，作为闻名遐迩的女巫喀耳刻的侄女，也懂得不少法术。情窦初开的她，爱上了高大英俊的伊阿宋，为其痴狂不已。德国学者施瓦布曾这样描写美狄亚初见伊阿宋的情景："美狄亚只觉得心口一阵灼痛，不时地深深吸着气，然后偷偷地抬头注视着伊阿宋。她不再想别的事，心中充满甜蜜的痛苦，脸上羞得绯红。"① 自然，伊阿宋也同时喜欢上了美丽聪慧的少女美狄亚。在美狄亚的协助下，再加上自身的勇气与谋略，伊阿宋终于取得了金羊毛，并携美狄亚迅速地逃离了科尔基斯。金羊毛从此就落到了伊阿宋的手上，《希腊神话故事》曾如此描绘金羊毛："伊阿宋把金羊毛扛在肩膀上，这宝物从他的脖子一直垂到脚跟，闪着金光，把夜间的小路照得通明。"②

讲到这里，这看上去仿佛只是个"私奔"的故事罢了，但是故事还远远没有结束。按照中国人的一般观点，宝物在手很可能会带来霉运，伊阿宋的故事恰恰是这种情况。原本

① 〔德〕施瓦布著《希腊神话故事》，刘超之、艾英译，宗教文化出版社，1996 年，95 页。

② 同①：107 页。此处，值得一提的一个小插曲是，美国威斯康星州一位参议员 1975 年 3 月创立"金羊毛奖"，专门颁给那些浪费政府开支、内容荒诞不经的政府项目。看来，美国参议员恰恰借用了"金羊毛"的负面含义：看上去很美好的东西，并没有实际用处，反而会招灾惹祸。参见〔美〕安东尼·刘易斯著《批评官员的尺度：〈纽约时报〉诉警察局长沙利文案》，何帆译，北京大学出版社，2011 年，242 页。

伊阿宋与美狄亚的生活幸福美满，美狄亚还为伊阿宋生育了两个儿子。[①]但随着时光流逝，美狄亚不免人老珠黄，伊阿宋又看上了其他的女子——科林斯国王克瑞翁（Creon）的漂亮女儿格劳刻（Glauce）。

这里的情节有其错综复杂之处。根据古希腊神话故事，伊阿宋的父亲埃宋是被伊阿宋的叔父珀利阿斯迫害致死的，而此时伊阿宋正在争夺金羊毛的途中，须知，伊阿宋之所以去争夺金羊毛也是被珀利阿斯所逼。伊阿宋取回金羊毛后，发现其父已死，便向珀利阿斯寻仇。伊阿宋和美狄亚一道，使用毒计，除掉了珀利阿斯。珀利阿斯死后，珀利阿斯的儿子阿卡斯托斯（Acastus）继续迫害伊阿宋夫妇，将夫妇俩驱逐出境。伊阿宋与美狄亚辗转到了科林斯（Corinth），定居下来，算是过了几年安稳日子。然而，为了提升自己的社会地位，伊阿宋开始追求科林斯公主格劳刻。古希腊悲剧《美狄亚》中，伊阿宋试图为自己的行为找借口，他对妻子美狄亚说：

---

① 根据有关学者的讲法，伊阿宋与美狄亚的幸福生活持续了10年。参见林飘凉著《神话星座》，云南人民出版社，2002年，42页。也有一说是生了一个儿子，而不是两个儿子。参见〔古希腊〕赫西俄德著《工作与时日 / 神谱》，张竹明、蒋平译，商务印书馆，1991年，56页。

> 我，一个流亡者，除了娶国王的女儿外，还能找到什么比这更有利的办法？……最要紧的是，我们得生活得体面，不受穷困，因为我清楚地知道，所有的人都回避穷朋友，离他远点，我还要把儿子们教养得配得上我的家门，并且给你的这些儿子生一些弟弟，把你的孩子提高到同样高的社会等级……[①]

这个借口显然不能说服美狄亚，也无法说服世人。德国大诗人席勒认为伊阿宋不过是“一个可怜的市侩”，焉能算得上英雄？[②] 为了社会等级的提升，为了过体面的生活，难道就可以随意抛弃结发之妻？伊阿宋作为“花心男子”的代表，被中世纪最伟大的诗人但丁放置到了地狱的第八环，罪名很明确：欺诈女人。当然，如果细读《神曲》原文，也确实难以断定但丁到底是否憎恶伊阿宋。《神曲·地狱篇》第 18 首中是如此勾勒的，笔法简洁却意蕴深厚：

> 注意看那正走过来的魁伟的人，
> 他似乎并未因受苦而泪水纵横：

① 〔古希腊〕埃斯库罗斯等著《古希腊悲剧喜剧集》（上、下），张竹明、王焕生译，译林出版社，2011 年，551 页。

② 参见〔英〕以赛亚·伯林著《浪漫主义的根源》，吕梁等译，译林出版社，2011 年，85 页。

他竟依然保持着那威严的仪容！

这位就是伊阿宋，他凭借勇敢和智谋，

使科尔基斯人把那只公山羊丧失掉。[①]

伊阿宋的始乱终弃、用情不专，导致美狄亚悲痛欲绝。作为报复，美狄亚设计害死了格劳刻和国王克瑞翁。美狄亚送了金袍给格劳刻作为结婚礼物，而金袍其实是用浸透了毒药的料子缝制而成。格劳刻美滋滋地穿上金袍后便当场毒发而亡，闻讯而来的国王克瑞翁悲伤地拥抱女儿的尸体，也随即被毒死。当伊阿宋急忙来寻美狄亚算账之时，更悲惨的一幕发生了：他发现自己的儿子们都已经倒在血泊之中，被美狄亚杀害了。伊阿宋绝望地离开了自己的家，听到空中传来阵阵雷鸣。伊阿宋抬头一看，可怕的杀人凶手美狄亚正坐在赫利俄斯派来的双翼飞龙车上，升上天空。伊阿宋陷于绝望之中，拔剑自刎，死在自家的门槛上。[②]关于伊阿宋的死亡方式，还有一种更为讽刺的说法：伊阿宋原本受到了赫拉的

---

① 〔意大利〕但丁著《神曲 · 地狱篇》，黄文捷译，译林出版社，2005 年，164 页。

② 一般认为，美狄亚并没有死，而是还有着后续的事迹。参见〔德〕施瓦布著《希腊神话故事》，刘超之、艾英译，宗教文化出版社，1996 年，184 页。关于美狄亚的结局，在古希腊悲剧《美狄亚》中也有明确的提示，美狄亚为自己准备了退路。另外，也有一些说法认为伊阿宋当时同样没有死，而是活到了高龄，陪伴他的唯有孤独而已。

青睐和照顾才成功夺取了金羊毛，而在发生了这一切后，他由天之骄子重新沦为流浪弃儿，最后被从阿耳戈船首掉落的赫拉头像砸死。

美狄亚与伊阿宋之间的故事，千年以来都是人们不断争论的话题。一个经常被问及的问题是：美狄亚何以忍心杀死自己的儿子？或者也有人这么问：美狄亚憎恨伊阿宋，为何不直接找伊阿宋算账，却拿自己的骨肉做牺牲？按照一般的解释，显然就是为了复仇。古希腊悲剧《美狄亚》中，有两段对话，是这么讲的：

> 歌队长：可是，夫人，你忍心杀你的两个儿子？
>
> 美狄亚：因为，这样可使我的丈夫最为痛心。
>
> 歌队长：可是你会成为一个最伤心的女人。
>
> 美狄亚：顾不得了。一切阻拦的话都属多余了。[1]

> 伊阿宋：最亲爱的孩子们啊！
>
> 美狄亚：他们是母亲亲爱的，不是你亲爱的。
>
> 伊阿宋：那你为何还要杀了他们？

① 〔古希腊〕埃斯库罗斯等著《古希腊悲剧喜剧集》（上、下），张竹明、王焕生译，译林出版社，2011 年，567 页。

美狄亚：叫你伤心。[1]

当然，也有学者对此持完全相反的观点。譬如研究希腊历史的专家、英国学者基托就认为，美狄亚杀孩子的故事完全是杜撰。《希腊人》中这样表述：

美狄亚……这个故事的中心事件，孩子们被他们的母亲所杀是欧里庇得斯杜撰的；在这个故事更早的说法里，是科林斯人杀死了他们。这就是说，为了表达他自己的思想，欧里庇得斯彻底改变了神话故事。……他想要表现的是，不受理性控制的激烈情绪，会给她这个直接受害者以及整个社会，带来什么样的毁灭性后果。[2]

杜撰还是非杜撰，这显然不是问题的关键。问题的关键在于，类似于美狄亚这样的情况并非个案，而是反反复复地在古希腊民族的神话传说中出现。“古代的神话传说，不论它们在直接证明事件方面可靠性是多么少，它们却包含着

① 〔古希腊〕埃斯库罗斯等著《古希腊悲剧喜剧集》（上、下），张竹明、王焕生译，译林出版社，2011 年，597 页。
② 〔英〕基托著《希腊人》，徐卫翔、黄韬译，上海人民出版社，2006 年，197 页。

许多对风俗习惯的特别忠实的记述。”[1]此话不假，在古希腊神话故事中，我们可以看到许多类似的惨剧，譬如普洛克涅（Prokne）的故事。

普洛克涅和菲罗墨拉（Philomela）是雅典国王潘狄翁[2]（Pandion）的女儿。普洛克涅远嫁给了英雄忒瑞俄斯（Tereus），生下了儿子伊迪斯（Edith）。但忒瑞俄斯又看上了普洛克涅的妹妹菲罗墨拉。于是，忒瑞俄斯使用奸计，在普洛克涅面前谎称菲罗墨拉已死，又在菲罗墨拉面前谎称普洛克涅已死，并将菲罗墨拉骗至远离宫殿的森林深处强暴并幽禁起来。后来，菲罗墨拉知晓了真相，得知姐姐依然健在，便向忒瑞俄斯讨公道，却被丧心病狂的忒瑞俄斯割下了舌头。再后来，口不能言的菲罗墨拉在雪白的麻纱布上织出了紫铜色的字样，通过这种方法，将忒瑞俄斯的暴行告诉了姐姐普洛克涅。普洛克涅如梦方醒，她决心要向忒瑞俄斯复仇。可怕的是，普洛克涅的复仇手段和美狄亚的如出一辙，一刀捅

---

① 〔英〕爱德华·泰勒著《原始文化：神话、哲学、宗教、语言、艺术和习俗发展之研究》，连树声译，广西师范大学出版社，2005 年，30 页。

② 潘狄翁由铁匠神赫菲斯托斯（Hephaestus）之子厄瑞克透斯（Erechtheus）和幻觉女神帕西忒亚（Pasithea）结合后所生，是雅典传说中的第 6 任国王。潘狄翁娶海洋仙女宙克西珀（Zeuxippe）为妻，并生两男两女：厄瑞克透斯（Erechtheus）和布特斯（Butes），普洛克涅和菲罗墨拉。——编者注

死了自己的亲生儿子伊迪斯，并将其骨、肉给丈夫吃。忒瑞俄斯发现自己食子后暴怒，众神为了帮助姐妹俩，便将普洛克涅变为燕子，将菲罗墨拉变为夜莺，卑鄙的忒瑞俄斯则变为戴胜鸟。从此，戴胜鸟成为燕子与夜莺的天敌，永远追杀她们。[①]

① 一说普洛克涅变为夜莺。譬如古希腊悲剧《阿伽门农》中有这样的唱词："那只黄褐色的夜莺大声悲鸣，一颗忧郁的心啊，不断哀叹：伊迪斯，伊迪斯，不幸的儿子。"参见〔古希腊〕埃斯库罗斯等著《古希腊悲剧喜剧集》（上、下），张竹明、王焕生译，译林出版社，2011 年，199 页。关于夜莺的故事，还有另一说，情节却完全不同，参见〔古希腊〕荷马著《奥德赛》，陈中梅译，译林出版社，2012 年，532 页。无论如何，夜莺哭子的故事广为流传，屡见于经典文学作品之中。

3

这些故事读来不免令人毛骨悚然，但它们也向现代人揭示了古希腊人民的生活风貌，或者是揭露了一种潜意识：女人对男人的报仇，往往不是针对男人本身，而是针对男人的所爱之物，即男人的骨血。可是，骨血既然是父亲的所爱之物，又何尝不是母亲的所爱之物？一个女人，向丈夫寻仇，结果却是以放弃母亲和孩子之间的亲密关系为代价。因而，我们在这里不得不承认，在古希腊神话故事中，确实有这样一种倾向：血缘关系被疏远了。如果我们考虑到血缘关系的根源在于生殖的话，那么亲代和子代之间的生殖关系似乎有被淡化的倾向。

中国人向来的看法是“虎毒不食子”，再怎么铁石心肠的人，也不可能向自己的骨肉下手，因为中华文化往往将生殖的意义最大化。可是，在面对古希腊神话故事的时候，我们却不免心生疑窦：难道生殖的意义也可以不那么强大吗？普洛克涅一案，是姐妹的情谊凌驾在亲子关系之上；美狄亚一案，则是夫妻之间的忠实与否的问题凌驾在亲子关系之上。生殖的意义（或亲子的关系）在古希腊神话中，是被蒙上了弱化色彩的。亦即，通过生殖建立的亲子关系，并不是最强力的纽带关系，它在指导古希腊人民的实际生活之时，是很有可能被排到较次的地位予以考虑的。

而作为对照，在传统的犹太社会中，年轻女性结婚时必须剪短头发，以免其夫因她太有吸引力于是出于淫念而非传宗接代之需要而与其发生性关系。[①] 在古希腊传统里，生殖的意义是被弱化的，而基于性欲而结合并由此产生的夫妻关系得到了强化；在古犹太社会里却恰恰相反，生殖的意义是最大的，一切都是为了传宗接代，而夫妻之间的性欲竟然被视为不洁。从一个更宏观的视角来看，倘若“需要的是在不同的现象中寻找系统的关系”[②]，我们需要意识到无论是古希腊传统，还是古犹太传统，它们都是殊途同归的：性欲与生殖，二者不是一回事，或者说，二者并不和谐。这样的一种观点，

---

① 宋昭勋著《非言语传播学》，复旦大学出版社，2008 年，113 页。

② 〔美〕克利福德 · 格尔茨著《文化的解释》，韩莉译，译林出版社，2014 年，56 页。

在中国人看来，委实不易理解。两情相悦、生儿育女，这二者在中国人眼中基本就是一回事。但在古希腊、古犹太的人民看来，这二者充满矛盾。古犹太人是以生儿育女为重，甚至认为即便不两情相悦就能生儿育女，这才算最佳状态；[①] 古希腊人则以两情相悦为重，为了情爱即使牺牲骨血也在所不惜。也就是说，古希腊人认为，两情相悦本身就是目的，它绝不是为达到其他目的而途经的手段。

很自然地，古犹太人和古希腊人所传世的作品，也就呈现了各自独特的样貌。而这在中国人眼里则不那么容易理解。

我们在古犹太人的《圣经》里读到了“割礼”，这从根本上说就是一种对生殖的深刻强调。“割礼”作为契约，是被神强加于人的。上帝通过摩西晓谕子民：“若有妇人怀孕生男孩，她就不洁净七天，像在月经污秽的日子不洁净一样。第八天要给婴孩行割礼。”[②]《圣经》对于生殖的刻意强调，尤其

① 犹太教极大地影响了后来的基督教。在犹太教－基督教看来，两情相悦几乎可算是一种“罪”，是要在伦理层面加以否定的东西。福柯甚至说：“我们应该注意到，在柏拉图那里，把一切性快感都纳入婚姻结构的要求，其正当性的根据在于向城邦提供它得以延续和保存自己力量的儿童的必要性。基督教的情况则相反，性关系必须与婚姻联结在一起的根据在于，前者本身就带有原罪、堕落和恶的标志，只有后者可以赋予它以合法性，人们必须根据这种合法性来追问它是否完全判定性关系无罪。”参见〔法〕米歇尔·福柯著《性经验史》，佘碧平译，上海人民出版社，2005 年，431 页。

②《圣经·旧约·利未记》第 12 章。

体现在下面这句话里：“儿女是耶和华所赐的产业，所怀的胎是他所给的赏赐。少年时所生的儿女好像勇士手中的箭。箭袋充满的人便为有福；他们在城门口和仇敌说话的时候，必不至于羞愧。”[①] 甚至《圣经》对生殖的强调几乎是以对两性结合的贬损为代价的，这个情况我们在前文已有所提及。耶稣基督的无与伦比的纯洁性被反复强调——“救世主”是由根本不曾体会过两情相悦的圣母所生，因为《圣经》里写道：“若男女交合，两个人必不洁净到晚上，并要用水洗澡。”[②] 经由不洁净的行为造就的结晶，大概也是不洁净的；耶稣基督的无与伦比的纯洁性是不能受到任何玷污的，所以他只能通过这种独特方式被生出来。而一旦出生，《圣经》里便写着“依人看来，他是约瑟的儿子”。[③] 即直接跳过两情相悦的环节，径直进入亲缘接续的环节。由此可见，在犹太教－基督教看来，虽然生殖本身是极好的事情，两情相悦却可算是一种“罪”，是要在伦理层面加以否定的东西，“基督使你们脱去肉体情欲”。[④] 而且，性方面的纯洁，显然不仅仅是指两性

---

① 《圣经·旧约·诗篇》第 127 篇。
② 《圣经·旧约·利未记》第 15 章。
③ 《圣经·新约·路加福音》第 3 章。
④ 《圣经·新约·歌罗西书》第 2 章。

之间没有接触，更是指公然宣称的“脱欲”或“无欲”。犹太教－基督教认为，性终归是邪恶的，因为灵魂优先于肉体。

然而，在古希腊的作品里，我们不容易读到这种对生殖的强调，正如前面的诸多古希腊神话故事所呈现的，我们读到的恰恰是对生殖意义的弱化。日本学者和辻哲郎在其名著《风土》中区分了不同的风土类型，在谈到希腊时，他不得不叹息着说：“（在希腊）家族一般意指夫妇。”[①] 须知，这样的“家族”意指，无论是在古犹太人眼里，还是在今天的中国人眼里，都是令人感到惊异万分的。英国哲学家和政治思想史家以赛亚·伯林（Isaiah Berlin）也有过这样鲜明的表述：“犹太教和基督教的信念在很大程度上源于家庭生活的信念，源于父与子的关系，也许还源于部落成员之间的关系。人们据此解释自然和人生。……但对希腊人来说纯属不可理喻。”[②] 看起来事情确实就是这样，古犹太人看重生儿育女，古希腊

① 〔日〕和辻哲郎著《风土》，陈力卫译，商务印书馆，2006 年，122–123 页。当然，这种看法也不一定正确。荷马史诗《伊利亚特》中常常有“某某人的儿子”这样的称呼，似乎也从侧面表达出古希腊人对于血统、部族的重视。这个问题毕竟过于复杂了。同时，作为有趣的参照，亦可见格尔茨对巴厘人的名字——特别是“从子名字”的讨论。巴厘人惯常用“某某人的父亲”、“某某人的母亲”这样的方式来彼此称呼。格尔茨评论说，这种称呼体现了巴厘人对生育及生育链的无比重视。参见〔美〕克利福德·格尔茨著《文化的解释》，韩莉译，译林出版社，2014 年，443–445 页。

② 〔英〕以赛亚·伯林著《浪漫主义的根源》，吕梁等译，译林出版社，2011 年，11 页。

人则看重两情相悦。此处引用古希腊人色诺芬（Xenophon）在《斯巴达政制》（Λακεδαιμονίων πολιτεία）一文中写过的饶有意味的话：

> 在希腊其他地区，在新婚阶段，丈夫通常会与妻子过着不加节制的性生活。他（斯巴达法律制定者）反其道而行之，规定男子应以被人发现出入妻子卧室为耻。在这种规定的约束下，夫妻对彼此的爱欲必定有所加强。[①]

这话特别值得后人琢磨。希腊人普遍的生活状态，就不必说了，男欢女爱成为追求的目标，色诺芬这段话的第一句已经点明了这一基本情况。但就斯巴达这个特殊地区而言，它是“反其道而行之”的，即斯巴达不赞成将男欢女爱作为生活目标，甚至以此“为耻”，这是色诺芬这段话的第二句所要陈述的情况。更为曲折的是，色诺芬这段话的第三句似乎又“折返”回来了：因为夫妻总是被某些规定限制着，彼此碰不到面，所以一旦碰上了，便会爆发出更加强烈的爱欲。这种曲折的局面，甚至不禁让人联想起新西兰哲学家斯蒂

① 〔古希腊〕色诺芬著《希腊史》，徐岩松译，上海三联书店，2013 年，375 页。

芬·戴维斯（Stephen Davies）的名言："得到最深的满足感，往往不是依靠你获得了什么，而是依靠它有多么难以获得。"[①] 不管怎样，古希腊人必然以两情相悦为重，这个结论是绝不会错的。

中国的传统情况正如前文所述，两情相悦与生儿育女，这二者在中国人的眼中基本就是一回事，中华文化事实上也不认为两情相悦与生儿育女可以"拆开"，而是始终在做着某种调和性质的、迁就性质的工作。这一问题又可从两个侧面加以剖析。

第一个侧面是，如果非要做个比较的话，生儿育女肯定还是更重要一些。以儒家思想为核心的中华文化是把生殖的意义最大化的。马少华曾表示："家庭本身及其家族伦理——孝——正是儒家思想的逻辑起点。"[②] 确实，生不出孩子的"结合"，显然是反儒家的，因为即便能够组织家庭，却不产生后代，终归还是"不孝"。此处所谓"不孝"，又有两层意思。第一层，儒家说"不孝有三，无后为大"，从最普泛、最通俗的意义上来理解，只要生不出后代，就已经是不孝了；第

① 〔新西兰〕斯蒂芬·戴维斯著《音乐的意义与表现》，宋瑾等译，湖南文艺出版社，2007 年，272 页。

② 马少华著《想得很美：乌托邦的细节设计》，中国青年出版社，2011 年，320 页。

二层，更深入地，因不能产生后代，所以说是与家族无涉的，既然无法建立家族，自然也就谈不上遵从家族伦理。所以，这个问题其实可以这么拆解：生不出孩子的“结合”，必定是没法进一步谈及“孝”的伦理的。

现代社会中，有不少意见认为丁克一族是抵制家庭的。这个说法其实并不确切，因为这首先取决于如何定义家庭，丁克家庭同样也是家庭。依笔者之见，丁克家庭的实质并不在于抵制家庭，而在于抵制家族。美国人类学家爱德华·霍尔（Edward Twitchell Hall Jr.）曾经提出过一个著名的分类，他说，人的世界分成两种不同的文化：一种文化的成员要切断对父母的依附关系，另一种文化的成员不切断这样的关系。[①] 的确如此，在研究丁克家庭问题方面，霍尔的提法也有启发意义。不切断依附关系的文化，必然是一种重视家族血脉传承的文化，丁克家庭既然抵制家族，也就必然会被重视家族血脉传承的文化所竭力反对。

第二个侧面是：“两情相悦”又往往沦为一个“欲说还休”的尴尬存在，它存在着，人们并不否定它，然而最好不要多讲它，甚至避讳它。费孝通的相关论述值得引证：在中国的

① 〔美〕爱德华·霍尔著《超越文化》，何道宽译，北京大学出版社，2010 年，200 页。

乡土社会中，“它的主轴是在父子之间”，“夫妇成了配轴”。[1]甚至，正如费孝通所观察到的那样，在传统的社会里，东方文化远比西方文化更看重婚姻和家庭的价值，常常以此作为人生成功的标准。可吊诡的是，与此同时，夫妇间的感情却又是被社会所漠然视之的，“文化的纪念碑成了许多牺牲爱情的祭坛”[2]，过于浓烈的夫妻感情甚至会招致社会打击。例如，东晋诗人陶渊明与妻子伉俪情深，陶渊明在结发妻子去世后不久写了一篇《闲情赋》——可以称得上是一篇极为大胆的“爱情宣言”，它从一个侧面显示出了陶渊明内心深处的强烈感情。但是，陶渊明囿于封建礼教，不敢直言说这是写给亡妻的，只好虚设了一个“美人”，来宣泄自己的情感。但即便如此，陶渊明还是因为这篇《闲情赋》被后世文人诟病。十分赞赏陶渊明的梁代昭明太子萧统都有点儿不敢看，甚至觉得受不了。萧统在《陶渊明集序》里说：“余爱嗜其文，不能释手。白璧微瑕者，惟在《闲情》一赋。……惜哉！无是可也。”让萧统大惑不解的是，这么严肃有余、一本正经的陶渊明先生，竟公然对一位绝色女子说“我爱死你了”，这还了得，

① 费孝通著《乡土中国 / 生育制度》，北京大学出版社，1998 年，40–41 页。

② 〔法〕塞奇 · 莫斯科维奇著《群氓的时代》，许列民等译，江苏人民出版社，2003 年，328 页。

要是陶渊明没有写过这篇《闲情赋》那就更好了。

故而，从古希腊神话、古犹太风俗、中国历史情况，再到今天的现实生活，我们可以从中得到一些启示。各个民族有各个民族的活法，各个时代有各个时代的活法，各种人有各种人的活法，这恐怕便是人类文化的核心要义所在。或者说，倘若我们坚持将某种统一的判定标准当成不可规避的生存必然，那么在面对绚烂多姿的人类文化时就必定会手足无措。而中华文明和希腊文明作为世界上最古老的两个文明，在这件事上也是具有极大的共通性的：人类的文化多元、复杂、不拘一格又生生不息，文化间或许互不兼容，但各有千秋。日本学者干脆这样形容，希腊的特质就是“为多元化而努力”。[①]研究“世界主义”的美国学者奎迈·安东尼·阿皮亚（Kwame Anthony Appiah）这样讲过：

> 世界主义认为，不同人群之间存在差异，不同人群可以相互学到很多东西。世间存在很多的可能性，值得人类努力探索，因此，我们不期望也不愿意看到，每个

① 〔日〕和辻哲郎著《风土》，陈力卫译，商务印书馆，2006年，85页。关于欧洲的分裂与中国的统一，其间对照，复可参见〔美〕贾雷德·戴蒙德著《枪炮、病菌与钢铁：人类社会的命运》，谢延光译，上海译文出版社，2016年，442页、483页。

> 人或者每个社会都遵循相同的生活方式。不论我们对其他人应当承担何种义务（或者说，不论其他人对我们应当承担何种义务），其他人通常都有权利按照自己的生活方式生活。[①]

英国学者尼克·史蒂文森（Nick Stevenson）则表示：

> 唯有出现最贫困的时候，人类需要才可以被认为是生物的效应。各人类社会具有不同的文化传统、宗教、历史经验、政治制度和艺术群体，而所有这些均是社会独到的想象的产物。这样一种思想观点，会认可全球文化的多种价值和异质性。[②]

中国台湾地区作家唐诺所讲的故事同样值得参考。唐诺是一个爱好古文字的人，他考证了“德”这个字的早期来源——“德”的甲骨文，结果令人诧异：一个大眼睛，放置于十字路口，

① 〔美〕奎迈·安东尼·阿皮亚著《世界主义：陌生人世界里的道德规范》，苗华建译，中央编译出版社，2012 年，前言 7 页。

② 〔英〕尼克·史蒂文森著《认识媒介文化——社会理论与大众传播》，王文斌译，商务印书馆，2001 年，306 页。当然，关于文化多元性这个问题的复杂性，也是一望而知的。文化多元性并不必然和自由、解放联系在一起。甚至，在一种最不利的情况下，文化多元性有可能被作为借口，用以反对某些人类共同的价值追求。参见刘海龙著《重访灰色地带：传播研究史的书写与记忆》，北京大学出版社，2015 年，201 页。

东张西望。这就是“德”，自由而惬意。[①] 这个考证，于我们而言，或许是一个异常重要的隐喻：“德”并不应该是僵死、森严、刻板、乏味的，相反，它洋溢着对这个大千世界的好奇、惊讶、欣赏、宽容。这不就是“世间存在很多的可能性，值得人类努力探索”“认可全球文化的多种价值和异质性”这些理论话语的文艺版吗？一言以蔽之，“不要习惯性地去寻找一种简单（甚至是不现实的）统一答案”[②]。

当然，回过头来认真揣摩，若说古希腊人不重视生殖与繁衍，那当然也是不对的。德国学者利奇德是这么说的：“在雅典这样敏感的地方，当然也包括希腊的其他地方，婚姻被视为一种履行天命的行为；每个公民本来就该通过生育子女为天神准备新的奴仆和崇拜者。在这个问题上，我们至少可以相信柏拉图是这么说的。生育繁衍子孙以保证香火不断也被视为一种道德上的义务。”[③] 恩格斯也这么说过：古希腊的雅典人是有“婚姻义务”的，法律规定必须结婚。[④] 如此看来，

---

① 唐诺著《文字的故事》，上海人民出版社，2010 年，171 页。

② 常江、田浩撰《洪美恩：文化研究是超越国族的世界主义——不确定时代的身份迷思》，载于《新闻界》2018 年第 3 期。

③ 〔德〕利奇德著《古希腊风化史》，杜昌忠等译，海豚出版社，2012 年，35 页。

④ 〔德〕恩格斯著《家庭、私有制和国家的起源》，中央马列编译局译，人民出版社，1999 年第 3 版，66 页。

古希腊人依然还是很重视生育和繁衍的，只不过生育和繁衍的意义固然重大，却始终没能凌驾于情爱的乐趣之上。或者说，倘若一个人坚持认定情爱的乐趣不过是达到生育目的的手段，古希腊人是绝不会同意这个人的观点的。

情爱乐趣与生育行为的彼此剥离，正是现代的性革命所倡导的核心观念。费孝通曾在《乡土中国 / 生育制度》一书中提道："性爱和生殖虽则相联，但并非一事。"[①] 古希腊的性实践甚至可以成为理解现代性革命之核心诉求、解决现代性革命之核心问题的重要津梁。丹麦思想家索伦·克尔凯郭尔（Soren Aabye Kierkegaard）在其著作《非此即彼》（*Either/or: a fragment of life*）中如是说道：

> 在古希腊人的意识中，色欲在美好的人格的控制之下，或者更准确地说，它并未被控制；因为它不是一个需要去征服的敌人，也不是一个检查的危险的反叛分子；它在美好的人格的生活和欢快中得到解放。[②]

---

① 费孝通著《乡土中国 / 生育制度》，北京大学出版社，1998 年，104 页。

② 〔丹麦〕索伦·克尔凯郭尔著《非此即彼》，陈俊松、黄德先译，光明日报出版社，2007 年，53 页。

第六章

酿酒

1

在讲赫拉克勒斯故事的同时，就不可避免地要提到他同父异母的兄弟——酒神狄俄尼索斯（Dionysus）。前文提道，阿塔马斯由赫拉克勒斯的一则口信所救，而阿塔马斯一家的悲剧是受到了狄俄尼索斯的牵连。因此，冥冥之中赫拉克勒斯与狄俄尼索斯是有一定关联的。而狄俄尼索斯的故事又应该从潘神开始讲起。

山林之神潘（Pan，又译潘恩）是一个半人半羊的神灵，赫耳墨斯之子。然而到底应该是怎样的“半人半羊”——古代流传下来的图画、雕塑的描绘不尽相同，不同的文献更是众说纷纭。力强编著的《星座与希腊神话》一书是这么形容的：“潘的头上长着两只山羊的细角，满头上长的全是山羊的绒毛，连耳朵都给盖住了，上半身虽然是个人形，但也长满细细的绒毛，下半身完全是山羊的腿，还长着小蹄子。”[①] 而莎德瓦尔德在其著作《古希腊星象说》（*Griechische Sternsagen*）中如此描述：“潘神……一般都是以长着一双怪诞眼睛的公山羊形象露面。”[②]《古希腊风化史》（*Sexual Life in Ancient Greece*）则描述道：“潘神……的外貌很奇特，长着山羊的腿、双角和长胡须，所以他更是在古希腊漫山遍野吃草蹦跳的那些山羊的保护神。”[③]《希罗多德历史》（*Ἱστορίαι*）则表示：“在埃及，画家和雕刻家所表现的潘神和在希腊一样，这位神长着山羊的面孔和山羊的腿。”[④]《俄耳甫斯教祷歌》（*Les Hymnes orphiques*）歌咏道：

> 你生有羊脚，爱酒神的狂欢，出没星辰间，
> 你欢快的歌唱回响着宇宙谐音。[⑤]

总而言之，山林之神潘是一个半人半羊的“怪物”。

关于山林之神潘，最重要的一个故事就是他与山林仙女

---

① 力强编著《星座与希腊神话》，科学普及出版社，1980 年，136 页。

② 〔德〕莎德瓦尔德著《古希腊星象说》，卢白羽译，华东师范大学出版社，2008 年，9 页。

③ 〔德〕利奇德著《古希腊风化史》，杜昌忠等译，海豚出版社，2012 年，238 页。

④ 〔古希腊〕希罗多德著《希罗多德历史》（上、下），王以铸译，商务印书馆，1959 年，153 页。

⑤ 吴雅凌编译《俄耳甫斯教祷歌》，华夏出版社，2006 年，25 页。

绪任克斯（Syrinx，其神格类似哈玛德律阿得斯[①]）的爱情纠葛。古斯塔夫·施瓦布（Gustav Schwab）《希腊神话故事》（*Greek mythology*）非常详细地讲述了这个故事，当然，这个故事在书中是借赫耳墨斯的口讲出来的。[②]

绪任克斯是阿耳卡狄亚（Arcadia）雪山上的一名清丽脱俗的山林仙女，她常年侍奉狩猎女神阿尔忒弥斯，以贞洁闻名。当多情的潘在树林里漫游时，看到了美丽的绪任克斯，便立刻爱上了她。

这里需要插一句，潘在自己的爱情道路上一直备受挫折，大约是因为他的半人半羊的形象过于“怪异”的缘故。不过潘虽然相貌奇特，却性情和善、风度翩翩、多才多艺。英国诗人约翰·弥尔顿（John Milton）在其作品《失乐园》（*Paradise Lost*）中曾用“兴趣广泛”形容潘。[③] 自然，这里的矛盾也就很明显了，一方面，山林中的仙女都很喜欢潘，时常和他一起游戏玩耍、唱歌跳舞；可另一方面，一旦谈到求爱，

① 哈玛德律阿得斯（Hamadryads）是希腊神话和罗马神话中的护树宁芙，属于树林女仙德律阿得斯中的一种。她们是森林之神俄克绪罗斯（Oxylos）和树木女神哈玛德律阿斯（Hamadryas）的 8 位女儿。哈玛德律阿得斯这个名称意味着“哈玛德律阿斯的女儿们”。——编者注

② 〔德〕施瓦布著《希腊神话故事》，刘超之、艾英译，宗教文化出版社，1996 年，15 页。

③ 〔英〕弥尔顿著《失乐园》，刘捷译，上海译文出版社，2012 年，143 页。

仙女们又每每嫌弃、拒绝潘了。潘就是这样的一个神祇，情感丰富却又不得不掩藏自己的感情，力量充沛却又不得不压抑自己的力量。（见图 6.1）

图 6.1 〔古希腊〕铜镜，“潘神之首”

约创作于公元前 4 世纪晚期，现藏于美国纽约大都会艺术博物馆。这幅雕像将潘神刻画得相当俊美，但值得注意的是，这一浮雕中潘神的耳朵是羊耳朵。

压抑与掩藏了多时的欲念，在见到了绪任克斯之后，终于一发不可收拾。凭借自己显赫的地位，潘急切地向绪任克斯表达了爱意。但绪任克斯拒绝了潘，夺路而逃，一直逃到拉顿（Ladon）河边。河面很宽，绪任克斯无法蹚过去，焦急的绪任克斯只得求助于她的守护女神阿尔忒弥斯[①]，阿尔忒弥斯回应了她的祈求。当潘张开双臂一把抱住站在河岸边的绪任克斯时，他惊讶地发现他抱住的是一根芦苇。潘将芦苇握在手中，迟迟不肯扔掉。这时，一阵微风吹过，潘手中的芦苇随之发出了动听的声音。于是潘为了和所爱之人永远在一起，便将芦苇切成了长短不同的小杆，用蜡把芦苇秆接起来做成芦笛，并以绪任克斯的名字命名他的芦笛。后来，潘终日徜徉在拉顿河边，吹奏芦笛，思念着他的爱人。[②]

与潘神直接相关的另一个故事，则与光明之神阿波罗有关。据说这两位神祇曾经比试过谁的音乐造诣更高。夏尔·皮埃尔·波德莱尔（Charles Pierre Baudelaire）在其诗作《病诗神》（*Sick Muse*）中有这样的句子：

那和谐的声调，

---

① 一说河神。——编者注

② 这个故事也有不同的解说版本。有学者认为，潘神不知道芦苇就是绪任克斯，反倒认为是芦苇掩藏了他的爱人绪任克斯。潘神很生气，就把芦苇砍断，之后却又狐疑：莫非这株芦苇就是少女的化身？潘神怀着对绪任克斯的狂热爱情，叹了一口气，把他的叹息吹进了芦管，此时，芦管发出了音乐之声。参见〔德〕利奇德著《古希腊风化史》，杜昌忠等译，海豚出版社，2012 年，323–324 页。关于绪任克斯，诗人济慈对其亦有描绘，参见〔英〕济慈著《济慈诗选》，屠岸译，人民文学出版社，1997 年，295 页。

是太阳之神与丰收之王，
轮流播放的不朽之音。[①]

这里波德莱尔套用了古罗马神话的体系，即“太阳之神”是阿波罗，“丰收之王”是潘，这二位的地位在艺术领域内是平起平坐的。古希腊悲剧《阿伽门农》（*Agamemnon*）中有这样的诗句，同样并列提到了阿波罗与潘：

或许有哪位高空的神明，
阿波罗、潘神或宙斯听见
这些侨居者凄厉的怨诉，
为了惩罚这骇人的罪行，
会派来报仇神埃里倪斯。[②]

然而，如果就此认为阿波罗与潘神同样受到古希腊人的尊崇与供奉，那可就错了。更多的文献证据向我们表明，希腊人尊崇阿波罗是肯定的，对潘神的态度却格外多变、复杂。

---

① 〔法〕夏尔·皮埃尔·波德莱尔著《恶之花》，文爱艺译，四川人民出版社，2007年，22页。复可参见 Charles Baudelaire: *The Flowers of Evil*, translated by Keith Waldrop, Wesleyan University Press, 2006, p18。

② 〔古希腊〕埃斯库罗斯等著《古希腊悲剧喜剧集》（上、下），张竹明、王焕生译，译林出版社，2011 年，146 页。

2

有观点认为，狄俄尼索斯就是潘，这二位神祇在很多时候都是面目重合的。例如《金枝》一书中曾提及，狄俄尼索斯这位神祇有时也由山羊代表，因此狄俄尼索斯很难与潘神截然分开。[1]《浮士德》里有这样一句韵文：

葡萄藤上结葡萄，

公羊头上长犄角！[2]

“葡萄”暗指狄俄尼索斯，“公羊”暗指潘神，这二者也是被并列提及的。换句话说，狄俄尼索斯和潘的本质是同一的。

关于酒神狄俄尼索斯的身世，有两个版本。一个版本如前所述，称狄俄尼索斯是宙斯和忒拜公主塞墨勒的儿子，塞

① 〔英〕弗雷泽著《金枝》，徐育新等译，大众文艺出版社，1998年，667页。

② 〔德〕歌德著《浮士德》，绿原译，人民文学出版社，2014年，58页。

墨勒在见到宙斯的真身后被燃成了灰烬，宙斯救下了还处于胚胎状态的狄俄尼索斯，将他缝在自己的大腿之中，待足月后才“生”下了狄俄尼索斯。[①] 另一个版本则称狄俄尼索斯是宙斯和冥后珀尔塞福涅（Persephone）所生之子。

相较而言，第一个版本的影响力更大一些。

那么依据第一个版本，狄俄尼索斯所在的家族谱系应如图 6.2 所述。

由图 6.2，我们可以清晰地看到，不仅阿塔马斯是狄俄尼索斯的姨父，塞墨勒所在的忒拜贵族谱系还与赫拉克勒斯所在的家族有着千丝万缕的联系。也许有人会问，如果娶了埃厄忒斯之女卡尔塞俄佩的阿塔马斯之子佛里克索斯和同为埃厄忒斯之女的美狄亚年龄相近，可以推知以伊阿宋为首的阿耳戈英雄们基本上与狄俄尼索斯及其妻阿里阿德涅是同代人，那么远在 5 代人以后才出生的阿尔克墨涅之子赫拉克勒斯又是如何能参与到这些冒险故事当中的呢？

这就涉及赫拉克勒斯真实身份的问题，赫拉克勒斯的名字不仅出现在金羊毛相关的故事中，在忒修斯相关的故事中

---

① 《伊利亚特》第 14 卷中提及过这事，诗云：“塞墨勒生子狄俄尼索斯，给凡人带去欢乐。”参见〔古希腊〕荷马著《伊利亚特》，陈中梅译，译林出版社，2012 年，330 页。

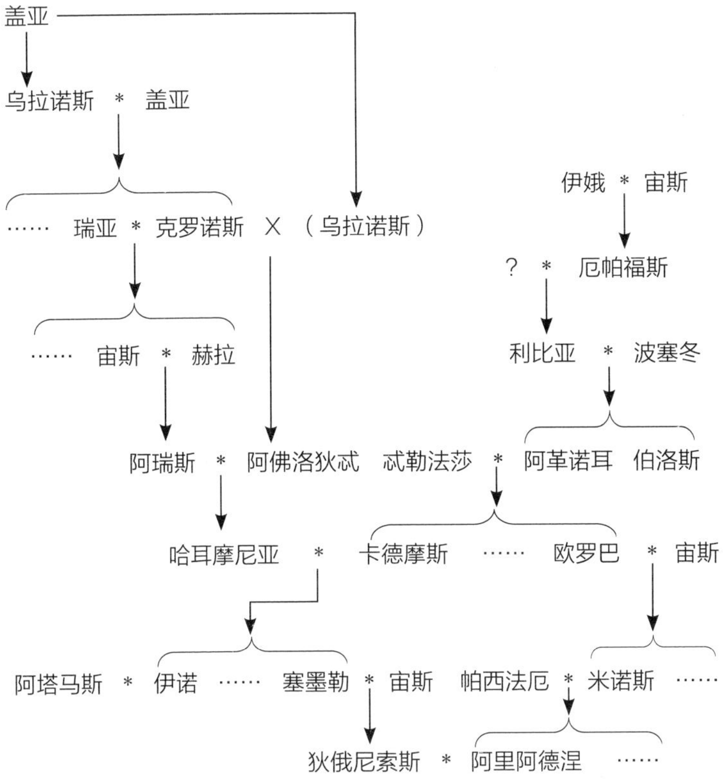

图 6.2 狄俄尼索斯及其家族

也屡屡显现。根据现有的诸多观点来看，唯一合理的解释就是古希腊神话在口口相传的过程中，希腊先民出于对这位英雄的喜爱，于是在许多传说中都添加了他的身影。不过在这个问题上就不宜深究了，某种意义上来说，赫拉克勒斯这个名字已经超越了“某个人”的定义，而成了类似亚瑟王（King Arthur）这样的“某个民族”的精神象征。

再说回酒神，狄俄尼索斯是宙斯与塞墨勒的儿子，但是，塞墨勒在分娩之前就已经去世了。《俄耳甫斯教祷歌》如是咏唱：

> 美丽的塞墨勒，卷发多迷人，胸怀多深沉！
> 欢乐的执酒神杖者狄俄尼索斯的母亲，
> 火的灿光将她抛入分娩的苦楚，
> 克罗诺斯之子永生宙斯意愿使她燃烧。[①]

而舍不得这个未出世的孩子的宙斯，就把狄俄尼索斯“缝”在自己的大腿中继续养着，并在适当的时候“生”了他——这真是一个十分古怪的情节。古希腊神话中有两处“宙斯分娩”的情节，其中一个是酒神狄俄尼索斯的出世，另外一个则是智慧女神雅典娜的出世，前者是宙斯从大腿中“分娩”出来的，后者是宙斯从大脑中“分娩”出来的。从大腿中“分娩”出来的，不免更擅于舞蹈；从大脑中“分娩”出

① 吴雅凌编译《俄耳甫斯教祷歌》，华夏出版社，2006 年，87 页。

来的，不免更擅于思考。

根据林飘凉的说法，狄俄尼索斯命途多舛。未能享受母爱的狄俄尼索斯，一开始由小姨和姨父抚养，但阿塔马斯发了疯。随后，宙斯又让赫耳墨斯把狄俄尼索斯交给七仙女抚养，但七仙女被俄里翁（Orion）追得无处可逃，最终被宙斯变成了星星才得以躲避俄里翁的追求。狄俄尼索斯小小年纪，却不得不独自流浪山野，赫拉又设计让狄俄尼索斯患上疯病。幸运的是，当他流浪到小亚细亚半岛（Asia Minor Peninsula）时，女神瑞亚治好了他，恢复了他的理智。

在阿耳卡狄亚的山林（也就是绪任克斯与潘神邂逅又被其追逐的那片山林）中，狄俄尼索斯终于碰到了对于他来说更重要的一个人：潘神的儿子西勒努斯（Silenus）。当然，西勒努斯这时已经是个老人了。西勒努斯收留了狄俄尼索斯，并继续抚养他，成了他的导师。[①] 因为西勒努斯是山林之神的儿子，又住在山林之中，自然传授给狄俄尼索斯许多和山林相关的知

---

① 关于西勒努斯，参见吴雅凌编译《俄耳甫斯教祷歌》，华夏出版社，2006 年，100 页。复可参见〔德〕歌德著《浮士德》，绿原译，人民文学出版社，2014 年，344 页。又可参见〔俄〕陀思妥耶夫斯基著《卡拉马佐夫兄弟》（上、下），荣如德译，上海译文出版社，2015 年，132 页。身为大哥的米嘉嗜酒如命，脾气暴躁，他说："我喝了还不到小半瓶，比不得西勒努斯。"西勒努斯既然是酒神狄俄尼索斯的老师，当然是懂酒亦嗜酒的。陀思妥耶夫斯基的这一处"用典"，可谓精彩。

识，这其中就包括栽种植物、培育新苗等知识。但狄俄尼索斯又有自己的发明与建树，他最早发现葡萄可以食用，并首先尝试了葡萄的人工栽培，继而又发明了酿造葡萄酒的方法。于是狄俄尼索斯理所当然地成了世界上第一位“品酒师”，西勒努斯自然也跟着成了品美酒、鉴佳酿的“权威人士”。

狄俄尼索斯不仅是“品酒师”，同时还是“舞蹈家”，他的舞蹈造诣应该在所有古希腊神祇中是首屈一指的。前文提过，潘神与阿波罗曾比试过谁的艺术造诣更高，二位神祇被屡次相提并论。无独有偶，狄俄尼索斯与阿波罗也经常被相提并论。

那么，对照一下狄俄尼索斯与阿波罗，情况如何？倘若以艺术鉴赏的眼光来看：狄俄尼索斯主司音乐与舞蹈，充满奔腾之力[①]，宛如狂澜涌起；阿波罗则主司雕刻与绘画，充满恬静之梦[②]，宛如低声絮语。当然，阿波罗同时也是音乐方面

---

① 德勒兹说：“本质上属于音乐家狄俄尼索斯的，是令屋顶跳舞，令房梁摇晃的力量。”参见〔法〕吉尔·德勒兹著《批评与临床》，刘云虹、曹丹红译，南京大学出版社，2022 年第 2 版，229–230 页。

② 尼采说：“阿波罗式的醉首先使眼睛处于兴奋状态，从而获得梦幻的力量。画家、雕塑家和史诗诗人都是卓越的梦幻家。相反，在狄俄尼索斯状态，全部情绪系统都会兴奋起来、高涨起来：从而把它的所有表现手段一下子释放出来，把表现、模仿、变形和转换的力量，把各种表演和做戏的力量同时调动起来。”参见〔德〕尼采著《偶像的黄昏》，李超杰译，商务印书馆，2013 年，59 页。关于舞蹈的妙处，同时可以参照洛克的一段论述：“我觉得跳舞最能使儿童具有适当的自信心与举止，使他们能够与年长的人交往，所以我认为他们一到能学跳舞的年岁就应该学习跳舞。”参见〔英〕约翰·洛克著《教育漫话》，徐大建译，商务印书馆，2020 年，108 页。

的行家里手，这一点无可否认。另外，《伊利亚特》第十三卷中还有这样的诗句吟咏："神祇让一个人善斗能打，使另一个人在舞蹈上在行，又让第三者擅弹竖琴歌唱……"[①] 以《伊利亚特》的这一讲法来看，舞蹈、歌唱又是截然不同的。

如是，我们可以得到狄俄尼索斯的这些信息：母亲意外早亡，童年曲折多难，长于山林之间，葡萄美酒为伴，擅长音乐舞蹈，心性率真烂漫。不过狄俄尼索斯形象的神话学意义，在研究者看来远不止"品酒师""舞蹈家"这么简单。

此处需要特别提及的是，狄俄尼索斯是诸神之中唯一死去的神。据说，他被提坦神撕成了碎片[②]，但后来又复活了。因而，我们在狄俄尼索斯身上也可以看到耶稣基督的影子。一些观点甚至认为，恰恰是狄俄尼索斯这样一位奇特的神祇的存在，才使得希腊人有契机去逐渐接受希伯来宗教，而这种宗教体系对希腊人而言几乎完全陌生。

说狄俄尼索斯非常奇特，确实也不是没有来由的。我们经常提到的神话谱系往往来源于两个体系：一个体系是《神

---

① 〔古希腊〕荷马著《伊利亚特》，陈中梅译，译林出版社，2012 年，313 页。

② 参见吴雅凌著《神谱笺释》，华夏出版社，2010 年，42 页、292 页。而且，狄俄尼索斯之前已经经历了两次"出生"，加上最后的"复活"，他等同于"出生"了三次。《俄耳甫斯教祷歌》赞颂狄俄尼索斯"三次出生"，绝不是没有依据的。参见吴雅凌编译《俄耳甫斯教祷歌》，华夏出版社，2006 年，62 页。

谱》建构的系列，它基本围绕着奥林匹亚诸神展开；另一个体系则是《荷马史诗》建构的系列，它基本围绕着英雄展开，这些英雄往往都是神和人交合生产的后嗣。但实际上还存在着第三个体系，这个体系就是围绕着酒神狄俄尼索斯展开的体系，与之关系最密切的是俄耳甫斯教。俄耳甫斯教关注生命本身，甚至超越了光明与黑暗的二分法，而尤其留意一种难以言说的神秘状态。[①] 吕达尔在《思考俄耳甫斯诗教祷歌》一文中认为，俄耳甫斯教的一个特点是对彼世的忽略，“唱这些祷歌的人似乎并不关注人死后灵魂的命运”。[②] 俄耳甫斯教和狄俄尼索斯联系密切，很难分开。吴雅凌甚至认为：“俄耳甫斯教秘仪与狄俄尼索斯崇拜风教有的时候是间杂在一起的。”[③]

既然狄俄尼索斯是被提坦神杀死的，那么，与狄俄尼索斯相对的就是提坦神，提坦神则是动辄发怒的暴力象征。吴雅凌指出：“依据传统所延续下来的说法，‘提坦’象征原初的宇宙倾覆力量，是过度、暴力、非理性、无意识的化身。”[④]

---

① 此处尤其感谢中国人民大学文学院饶静教授的教诲与指引。

② 参见吴雅凌编译《俄耳甫斯教祷歌》，华夏出版社，2006 年，175 页。

③ 吴雅凌编译《俄耳甫斯教祷歌》，华夏出版社，2006 年，5 页。

④ 吴雅凌著《神谱笺释》，华夏出版社，2010 年，40 页。

而且根据吴雅凌的讲法，提坦神尤指乌拉诺斯（天）与盖亚（地）所生的12个孩子，其中克罗诺斯、伊阿珀托斯是典型代表。至于提坦神的后代，则以伊阿珀托斯的4个儿子为代表：阿特拉斯、墨诺提俄斯（Menoetius）、普罗米修斯、厄庇米修斯（Epimetheus）。

在基督教的视野中，这样的一种存在——过度、暴力、非理性、无意识，或许就是人的身上所具有的“罪”，但在希腊神话中还没有“罪”的概念，[①] 因而我们只能将其理解为“暴力”或“狂怒”。相反，狄俄尼索斯则代表了一种爱的力量、美的力量、艺术的力量、沉思的力量，这和提坦神构成了鲜明对比。当然，结局是悲惨的，狄俄尼索斯被提坦神撕成了碎片，但狄俄尼索斯在精神上获得了重生。

德裔美籍哲学家和社会理论家赫伯特·马尔库塞（Herbert Marcuse）在其著作《爱欲与文明：对弗洛伊德思想的哲学探讨》（*Eros and Civilization: A Philosophical Inquiry into Freud*）中明确区分了这两种力量，一边的代表是普罗米修斯，他是伊阿珀托斯的儿子，提坦神的后代，而另一边的代表则是俄耳甫斯和纳西塞斯。马尔库塞解释说：

---

① 参见〔英〕以赛亚·伯林著《浪漫主义的根源》，吕梁等译，译林出版社，2011年，11页。

假如普罗米修斯是苦役、生产和由压抑而进步的文化英雄，那么另一种现实原则的象征就必须到其对立的另一极中去寻找。俄耳甫斯和纳西塞斯（Narcissus）（作为认可统治逻辑即理性王国的神的对抗者，它们与其相似的狄俄尼索斯一样）代表着一种很不相同的现实。它们没有成为西方世界的文化英雄。它们的形象是快乐和实现；它们的声音是歌唱而不是命令；它们的姿态是供给和接受；它们的行为是创造和平和废除劳动；它们的解放是从使人与神、人与自然结合起来的时间中的解放。[①]

现在，我们应该能够大致读懂这段话的意味了。提坦神——也包括提坦神的后代（尤以普罗米修斯为代表）——是一种暴力的存在，这种暴力却也实然地推动了历史的发展。我们知道，宙斯取得王位，就是靠暴力获得的，他推翻了他的父亲克罗诺斯的统治；而克罗诺斯之所以能够登上王位，又是因为，克罗诺斯推翻了其父乌拉诺斯的统治，同样用的是暴力夺权的手法。而宙斯取得王位以后呢，也丝毫没见消停，他又必须面对提坦神们的继续挑战，并不断通过战争来

① 〔美〕赫伯特·马尔库塞著《爱欲与文明：对弗洛伊德思想的哲学探讨》，黄勇、薛民译，上海译文出版社，2008 年，105 页。

巩固王权。赫西俄德在《神谱》中写道：

> 提坦神与克罗诺斯的所有子女之间所进行的苦战已持续很长时间，双方都精疲力尽。高傲的提坦神以高耸的俄特里斯山为基地，浓发瑞亚和克罗诺斯所生的致善之神以奥林匹斯山为基地。他们彼此满怀愤怒，那时战争已整整持续十年，由于势均力敌，胜负仍然未分。①

一言以蔽之，权力是靠暴力来传递的，历史也是靠暴力来推进的，这恐怕恰恰是马尔库塞所谓的“由压抑而进步”“认可统治逻辑”等说法的题中应有之义：提坦神是一种“恶”的存在，但“恶”也催生了“善”，历史毕竟向前发展了。但是，历史难道只能如此发展吗？绝非如此。狄俄尼索斯、俄耳甫斯、纳西塞斯，他们就是另外的（甚至可以说是非常奇特的、诡谲的）某些存在。狄俄尼索斯是品酒师兼舞蹈家，俄耳甫斯是音乐家②，纳西塞斯则是在静默的观照中的

---

① 〔古希腊〕赫西俄德著《工作与时日 / 神谱》，张竹明、蒋平译，商务印书馆，1991 年，45 页。

② 弗莱说：“俄耳甫斯的琴声能令树木折腰倾听。”参见〔加拿大〕诺思罗普·弗莱著《批评的解剖》，陈慧等译，百花文艺出版社，2006 年，80 页。鲍桑葵说：“俄耳甫斯……驯服了最凶暴的动物，头戴弗里吉亚帽，在野兽中间弹着竖琴。”参见〔英〕鲍桑葵著《美学史》，张今译，商务印书馆，1985 年，169 页。

那一株顾影自怜的水仙花。正如马尔库塞所言，在他们这里，没有苦役，更没有暴力，有的仅仅是生命的欢愉，而在这种欢愉之中，“善”与“恶”的二元对立似乎也不复存在。此外，历史在这种超越了二元对立的生命欢愉之中照样得以坦然行进。最具有说服力的一个观点是，根据神话传说，宙斯的接班人其实就是狄俄尼索斯，狄俄尼索斯取得王位的方法却与宙斯取得王位的方法迥然相异。狄俄尼索斯是在一种非常自然而然的情况下取得王位的。

让我们把目光再次拉回到潘神这里。正因为狄俄尼索斯是一个非常奇特与诡谲的神祇，而狄俄尼索斯很难与潘神截然分开，所以潘神也就必然染上了狄俄尼索斯的若干精神气质，变得“不同寻常”了。甚至可以说，潘神其实可被看作一个异教人物，一直属于“剑走偏锋”或“另辟蹊径”那一类的，也似乎一直都不在正统的神祇序列之内。希罗多德曾经讲过“雅典人却根本不把潘神放到眼里”这样的话[①]，大概可作为一个鲜明的佐证。潘神往往被雅典人嘲笑，究其原因正是如此。最早的异教人物，其实就是潘神，他也因此反倒

① 〔古希腊〕希罗多德著《希罗多德历史》（上、下），王以铸译，商务印书馆，1959年，524页。

被人们记住了。至于什么是“异教人物”，在此援引一段贝尔的名言：

> 总是有些异教人物——他们曾被正统宗教嘲笑或讥讽——提出新教义。还有团体仪式，常允许或刺激个人表现出以往被抑制的冲动。在祭仪中，人感觉自己仿佛正在探索新奇或以往被禁忌的行为模式。[①]

说到这里，可见潘神、狄俄尼索斯、异教人物、俄耳甫斯教、秘密仪式，这几个关键词都已经悄然融合在一起了。

① 〔美〕丹尼尔·贝尔著《资本主义文化矛盾》，严蓓雯译，江苏人民出版社，2007年，177页。

3

上文提及，狄俄尼索斯曾由七仙女抚养，但七仙女被俄里翁追得无处可逃。这里略微补充一下关于七仙女的故事。中国有中国的“七仙女”，希腊有希腊的“七仙女”，文化间有趣的呼应，总是令人倍觉惊奇。

按古希腊诗人赫西俄德的说法，最先产生的是卡俄斯（混沌），其次便产生大地盖亚、大地深处的塔耳塔罗斯、爱神厄洛斯（Eros）。[①] 大地之神盖亚首先生了乌拉诺斯。乌拉诺斯就是繁星似锦的皇天。古希腊人称天空为“乌拉诺斯”。

---

① 厄洛斯其实有两个。这一点很多书籍都没有明确其身份。一位厄洛斯，是老爱神，他是一位白发苍苍的老人，而且据说无性别，只是代表了宇宙间的一种冲动。还有一位厄洛斯，则是新爱神，据说他是爱神阿佛洛狄忒的儿子，也有说法认为他不是，而是与阿佛洛狄忒平辈的。参见〔法〕让－皮埃尔·韦尔南著《众神飞飏：希腊诸神的起源》，曹胜超译，中信出版社，2003 年，3 页。总之，厄洛斯的形象，在古希腊神话谱系中，相对来说，是比较模糊的。复可参见吴雅凌著《神谱笺释》，华夏出版社，2010 年，193–194 页。

顾名思义，古希腊人认为天空具有促进生养的能力，它使大地充满温暖和湿润的气体，大地万物借此得以繁衍生息。乌拉诺斯（天）与盖亚（地）交合，生出了十二提坦神。

其中，俄刻阿诺斯与忒提斯互相倾慕、结合，生出了难以数计的儿女，其中最先出世的一批女儿中，有一个名叫克吕墨涅（Clymene）的，嫁给了伊阿珀托斯。伊阿珀托斯与克吕墨涅结合，生出了几个大名鼎鼎的孩子：阿特拉斯、墨诺提俄斯、普罗米修斯、厄庇米修斯。[①]其中，厄庇米修斯的名气相对较小，但娶了一个为人熟知的女人为妻，这个女人就是宙斯创造出来的美艳女子——潘多拉（Pandora）。

这里，我们可以一起来看看图 6.3 中阿特拉斯四兄弟的身世。

阿特拉斯的 7 个女儿，就是我们所说的“七姐妹”了，根据《泄露天机——中西星空对话》一书所言，七姐妹的母亲据说是狩猎女神阿尔忒弥斯（Artemis）的侍女普列奥奈。[②]七姐妹又被合称为“普勒阿得斯”。

猎人俄里翁在《荷马史诗》中也曾被提及。[③]据说，俄

① 阿特拉斯、墨诺提俄斯、普罗米修斯、厄庇米修斯，伊阿珀托斯的这四个儿子，注定要做宙斯的劲敌。参见吴雅凌著《神谱笺释》，华夏出版社，2010 年，26 页。

② 陈久金著《泄露天机——中西星空对话》，群言出版社，2005 年，44 页。

③ 参见〔古希腊〕荷马著《奥德赛》，陈中梅译，译林出版社，2012 年，301 页。

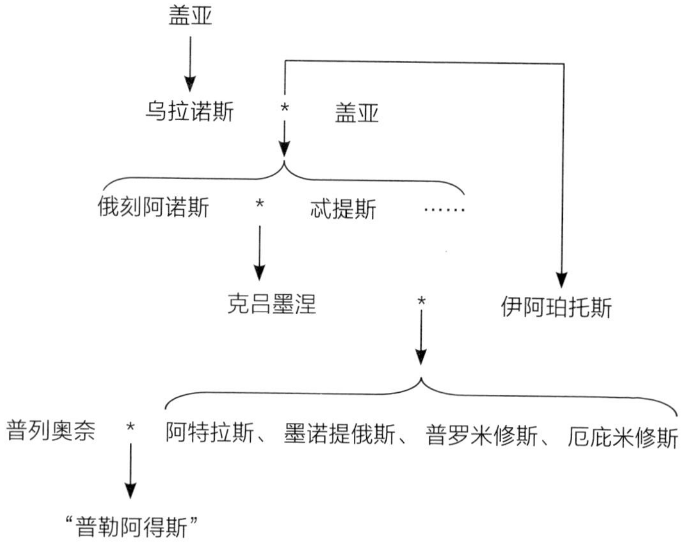

图 6.3“普勒阿得斯”及其家族

里翁是海神波塞冬之子，一身肌肉，相貌又十分英俊。因此，黎明女神厄俄斯（Eos）爱上了俄里翁，并一度得到了他。在罗马神话中，月亮女神狄安娜（Diana，古希腊神话中狩猎女神阿尔忒弥斯的化身）也爱上了俄里翁，最终却在被蒙蔽的情况下用箭射死了俄里翁。

俄里翁与普勒阿得斯的纠葛则来自另一个故事。据说，俄里翁真心爱慕普勒阿得斯，但七姐妹总躲着他。俄里翁曾在比奥提亚（Boiotiens）森林中追逐七仙女达 5 年（一说 7 年）之久，直到宙斯把女孩们变成天空的星星为止。[①] 这 7 颗大名鼎鼎的星星就是昴星团，在西班牙大文豪米格尔·德·塞万提斯·萨维德拉（Miguel de Cervantes Saavedra）[②]、英国大诗人威廉·华兹华斯（William Wordsworth）[③]、美国大科学家奥尔多·利奥波德（Aldo Leopold）[④] 的笔下都曾被提及。

---

① 〔德〕莎德瓦尔德著《古希腊星象说》，卢白羽译，华东师范大学出版社，2008 年，19 页。

② 〔西班牙〕塞万提斯著《堂吉诃德》，屠孟超译，译林出版社，2011 年，713–714 页。

③ 〔英〕威廉·华兹华斯著《序曲或一位诗人心灵的成长》，丁宏为译，北京大学出版社，2017 年，98 页。

④ 〔美〕奥尔多·利奥波德著《沙乡年鉴》，侯文蕙译，译林出版社，2019 年，171 页。

第七章

务农

1

传说中酒神狄俄尼索斯的另一个母亲珀尔塞福涅，是谷物女神德墨忒尔（Demeter）的女儿，这对母女在古希腊神话中名气也很大。

德墨忒尔的血统异常高贵。如前文所述，乌拉诺斯（天）与盖亚（地）交合，生出了包括瑞亚和克罗诺斯在内的12个孩子。后来，瑞亚在不情愿的情况下嫁给了克罗诺斯，生出了灶神赫斯提亚、谷物之神德墨忒尔、天后赫拉、冥王哈迪斯、海王波塞冬、诸神之父宙斯。[①] 可见，德墨忒尔是天、海、冥三界之神的亲姊妹。德墨忒尔后来又嫁给了宙斯，生下珀尔塞福涅。

德墨忒尔是谷物之神、农业之神、丰收之神，因此必然

---

① 〔古希腊〕赫西俄德著《工作与时日 / 神谱》，张竹明、蒋平译，商务印书馆，1991年，40页。

是与人们生活关系最为密切的神祇之一。赫西俄德在《工作与时日 / 神谱》(*Έργα και Ημέραι. Θεογονία*)中反复提到德墨忒尔,写道:“为了获得粒大实满的谷物,在刚开始给耕牛戴上颈轭,系上皮带,握住犁把,手挥鞭赶它们拉犁耕地时,你就要向地下的宙斯、无辜的德墨忒尔祈祷。”[①] 诗人还告诫人们说:“要小心谨慎在每月中旬的第七天把德墨忒尔赐予的谷物扔到圆形脱谷场上。”[②]《伊利亚特》的若干诗句也曾暗示,只要是凡人,大概总是要以“谷物”为生的:

> 忒拉蒙之子、魁伟的埃阿斯不会对谁个让步,
> 只要他是凡人,吃食德墨忒尔的谷物……[③]

在古希腊人心目中,德墨忒尔的重要性无与伦比,因为她为人类带来了稳定的食物来源——谷物。而正是由于谷物的丰收,人类逐渐摆脱了他们原初的荒蛮野性,逐渐远离漂泊不定的游牧生活,最终走向温和的、固定的、文明的生活方式。

---

① 〔古希腊〕赫西俄德著《工作与时日 / 神谱》,张竹明、蒋平译,商务印书馆,1991 年,14 页。

② 同①:24 页。

③ 〔古希腊〕荷马著《伊利亚特》,陈中梅译,译林出版社,2012 年,299 页。

因此，德墨忒尔也常常与狄俄尼索斯并举，这其中缘由之一可能和食物有关。传说中，古希腊的神灵是没有血液的，在他们的身体中流动的是另一种液体：伊科耳（Ichor）。[①]《伊利亚特》第5卷中有这样的诗句，说的是爱神阿佛洛狄忒：

……女神仙纯的血流，
一种灵液，在幸福的神祇身上循绕——
他们不吃面包，也不喝闪亮的醇酒，
故而没有浆血，凡人称之为长生不老。[②]

同一卷中还有这样的诗句，说的是战神阿瑞斯：

当着宙斯的脸面，亮出淌着灵液的伤口，
满怀自怜之情……[③]

诗句里反复出现的“灵液”，就是伊科耳，不是血。其间

① 〔法〕裘利亚·西萨、马塞尔·德蒂安著《古希腊众神的生活》，郑元华译，上海人民出版社，2008年，28页。

② 〔古希腊〕荷马著《伊利亚特》，陈中梅译，译林出版社，2012年，108页。

③ 同②：128页。英国诗人弥尔顿在《失乐园》第6卷中也有类似的描写，说魔王撒旦被刀剑砍伤后，“一股血红色甘露一样的液体从伤口源源不断流出，也许，天上精灵的流血就是这样，片刻之前他的全套盔甲如此的光辉灿烂，现在却血迹斑斑”。参见〔英〕弥尔顿著《失乐园》，刘捷译，上海译文出版社，2012年，236页。

夹杂的隐晦逻辑关系，大致可以表述如下：因为神不吃面包与酒，所以天神没有血液；凡人有血液，所以凡人必是吃面包与酒的。因而，对于凡人而言，最重要的东西恐怕也就是面包与酒了，因为面包与酒也就意味着人的血，即人本身。①那么进一步来讲，负责掌管面包与酒的两位古希腊神祇，不恰恰就是德墨忒尔和狄俄尼索斯吗？因此，倘若我们考虑凡人的生存与生活，我们就不能不考虑与我们最相关联的两位神灵——德墨忒尔和狄俄尼索斯，他们是血的来源。凡人的血不是因为吃兽肉产生的，而是吃面包与酒产生的。这个观点很可能与我们曾设想的观点有所不同。

此外，还有一个关键之处在于，因为血液流淌在人的体内，人依赖血液生存，所以食血等于吃人。我们在《圣经》中屡次看到这样的诫命：禁食血。耶和华说："凡以色列家中的人，或是寄居在他们中间的外人，若吃什么血，我必向那吃血的人变脸，把他从民中剪除。因为活物的生命是在血中，我把这血赐给你们，可以在坛上为你们的生命赎罪。因血里

---

① 在《圣经》中也有类似的表达，古代社会对谷和酒是十分重视的。如《圣经·旧约·耶利米哀歌》中有这样的句子："那时，他们在城内街上发昏，好像受伤了，在母亲的怀里，将要丧命，对母亲说：'谷、酒在哪里呢？'"《圣经·旧约·撒迦利亚书》里则有这样的句子："五谷健壮少男，新酒培养处女。"

有生命，所以能赎罪。”[①]古希腊和古希伯来在人和血这个问题上的态度也是高度一致的。约翰·班扬（John Bunyan）在其著作《天路历程》（*The Pilgrim's Progress*）中写过这样的情节：“基督徒下山的时候，他的那几个善良的朋友送给了他一块面包、一瓶葡萄酒和一些葡萄干。”[②]稍后又说：“……葡萄酒，像血一样鲜艳。”[③]读者应当可以理解其中的含义了。

---

① 《圣经·旧约·利未记》第 17 章。

② 〔英〕班扬著《天路历程》，周爱农译，安徽师范大学出版社，2014 年，38 页。

③ 同②：183 页。

2

关于德墨忒尔母女，《俄耳甫斯教祷歌》曾这样唱道：

> 珀尔塞福涅，伟大宙斯的女儿，来吧，真福神女，
> 德墨忒尔的唯一孩子，请接受这可亲的祭祀。[①]

赫西俄德在《神谱》中亦用一句话写明了德墨忒尔母女的命运：

> 宙斯也和丰产的德墨忒尔同床共枕，生下白臂女神珀尔塞福涅；哈迪斯把她从其母身旁带走，英明的宙斯将她许配了他。[②]

---

① 吴雅凌编译《俄耳甫斯教祷歌》，华夏出版社，2006 年，59 页。

② 〔古希腊〕赫西俄德著《工作与时日 / 神谱》，张竹明、蒋平译，商务印书馆，1991 年，52 页。

这一则神话后来成为无数文学艺术作品的题材，即著名的“哈迪斯抢亲”。在古希腊神话中，珀尔塞福涅通常被描绘为一位长着金色秀发、容貌艳丽娇美的少女。德墨忒尔非常喜爱自己的这个女儿，将其视为掌上明珠。但德墨忒尔有所不知，她的兄弟、冥界之王哈迪斯觊觎珀尔塞福涅许久了。

某天，珀尔塞福涅和她的朋友们出外游玩，在西西里岛上漫步。但珀尔塞福涅与朋友们走散了，独自一人走入一个鲜花遍地的山谷。珀尔塞福涅想摘一束花献给母亲，纤手所至却难以折动花的枝蔓。这时天色逐渐暗淡下来，蓦然之间，大地震动，旋即崩裂，形成了一个巨大的黑洞。片刻之后，黑洞中金光四射，一下子跳出一辆由 4 匹马拉着的金车，车上坐着一位头戴金冠、衣着华美、威武异常的男子。珀尔塞福涅被眼前的景象惊呆了，不过更令她惊骇的是，这名男子的脸竟是铁青色的，散发着难以言喻的阴森气息。这名男子就是宙斯的哥哥——冥王哈迪斯，今天他总算找到了向珀尔塞福涅下手的机会。哈迪斯赶着马车飞也似的来到珀尔塞福涅身旁，将她抱上马车。惊恐的珀尔塞福涅发出哀鸣，大声呼唤她的朋友和母亲，但无人应答。转瞬之间，金色马车、冥界之王哈迪斯、可怜又无助的珀尔塞福涅都消失了，山谷重新为晦暗所笼罩。

德墨忒尔巡视农田归来，发现心爱的女儿失踪后便立刻动身寻找。珀尔塞福涅的朋友们向失魂落魄的母亲指明了山谷的方向，德墨忒尔一路寻来，九个日夜过去，却始终无所收获。太阳神赫利俄斯实在不忍心看德墨忒尔倍受煎熬，就把珀尔塞福涅失踪的原因告诉了德墨忒尔。德墨忒尔这才知道，自己的女儿已经成了冥界的王后，永世住在阴间，再也回不到光明的世界中来了。

德墨忒尔悲痛异常，生活从此了无生气，当然也就没心思再管稼穑之事了。据说，德墨忒尔找了一个偏僻的山洞隐居起来，终日以泪洗面。问题是，没有了谷物女神的指引，茫茫大地一片凋零。这一来可吓坏了宙斯，如果大地荒芜了，大地上的人们皆饥馑而亡，又有谁来为神进行祭献呢？这个世界的平衡也就面临着岌岌可危的窘境了。

从这个故事我们可以推测一点：在古希腊神话故事所构建的世界图景中，人与神的关系是复杂、微妙的，绝不可一概而论。没有神的指引，人是无从生活的；但倘若没有人的呼应，神也是无从生活的。神与人，其实是拴在一根麦秸上的两只蚂蚱。

无奈的宙斯只好派出使者找哈迪斯商量。哈迪斯解释道，珀尔塞福涅已经吃下了阴间的食物，是不可能“还阳”的。同时，虽然珀尔塞福涅是被抢来的，但珀尔塞福涅本人已经渐渐爱上了哈迪斯，冥王对她十分殷勤，最终获得了她的芳心。总之，让珀尔塞福涅再回到母亲身边，重新恢复到过去那种母女厮守的生活状态已经是不可能的了。对此，中国学者吴雅凌曾有一句评论，说哈迪斯对自己的妻子非常专情，“他与宙斯不同，只有这么个妻子”。[①]

宙斯把这些情况一五一十地转达给了德墨忒尔。据说，哈迪斯也曾准许珀尔塞福涅与德墨忒尔匆匆相会过一面。此时，德墨忒尔得知自己的女儿生活得不错，总算宽慰了一些；不过，因为毕竟还是思念女儿，所以德墨忒尔依旧终日郁郁寡欢，并始终抱着一丝侥幸心理，向宙斯不断诉说相思之情。宙斯终于被德墨忒尔的诚心感动了，便再次找哈迪斯商量，最后的商量结果是：一年有 12 个月，其中的 6 个月，珀尔塞福涅回到阳间，陪伴母亲德墨忒尔；另外的 6 个月，珀尔塞福涅沉入地府，陪伴夫君哈迪斯。这个结果是非常特别的，因为它直接决定了大地上四季的形成。[②]在珀尔塞福涅陪母亲

① 吴雅凌著《神谱笺释》，华夏出版社，2010 年，283 页。

② 关于四季更迭与植物意象，可参见〔加拿大〕诺思罗普·弗莱著《批评的解剖》，陈慧等译，百花文艺出版社，2006 年，228 页。

的6个月间，德墨忒尔与女儿在山洞里共享天伦之乐，不再工作，这样，大地上就呈现为秋、冬二季，一片萧瑟；当珀尔塞福涅在冥界的6个月间，德墨忒尔抖擞精神，回到她的工作岗位上去，负责照看大地上人们的农业生产与生活，一旦德墨忒尔钻出山洞，温煦的和风便时时吹拂。① 如此，大地上就呈现为春、夏二季。

也有一些版本指出12个月的划分不是6个月对6个月，而是3个月对9个月。即是说，德墨忒尔陪女儿的时间是3个月，这时便是冬天；另外9个月，德墨忒尔都在辛勤工作，这时便是春天、夏天和秋天。另外还有一种说法说珀尔塞福涅与德墨忒尔相聚的6个月，是德墨忒尔高兴的6个月，那时便是春天和夏天；反之，是分别的6个月，则是德墨忒尔悲伤的6个月，那时便是秋天和冬天。②

《金枝》的说法则更为古拙，它将一年12个月分为4个

---

① 希腊人普遍认为，珀尔塞福涅陪伴母亲的6个月是春、夏两季，德墨忒尔独自生活的6个月是秋、冬两季。根据古希腊人的厄琉西斯（Eleusis）大典来看，每年春天人们会在这个庆典上纪念德墨忒尔，同时欢迎珀尔塞福涅的归来，因此春、夏两季应该是珀尔塞福涅回到母亲身边的6个月。此处作者试图考证各版本认知不同。——编者注

② 这种讲法，可大致参见〔英〕J. C. 斯托巴特著《光荣属于希腊》，史国荣译，上海三联书店，2011年，150页、230页。复可参见吴雅凌著《神谱笺释》，华夏出版社，2010年，364页。

月和 8 个月，这和吴雅凌的讲法保持了一致[①]，他解释道：

> 宙斯规定今后珀尔塞福涅每年三分之二的时间和她母亲与众神在阳间度过，每年三分之一的时间和她丈夫在阴间度过。每年大地春暖花开的时候，她就从阴间回来。于是女儿愉快地到阳光里来，母亲高兴地接待她，搂着她；德墨忒尔找回了失去的女儿，感到很愉快，她使谷物从犁过的土块中长出来，使整个宽广的大地盖满枝叶和花朵。[②]

上述说法不一，读者可以自行选取自己认可的版本。

德墨忒尔系列故事的最外圈的波纹，大概还涉及了德墨忒尔与阿佛洛狄忒的关系。有传说称，德墨忒尔从此憎恶阿佛洛狄忒，因为阿佛洛狄忒是爱与欲望之神。珀尔塞福涅与阴间的丈夫两情相悦，这肯定是阿佛洛狄忒"指点"了。莎士比亚在传奇剧《暴风雨》（*the Tempest*）中也一再提及这个

---

① 吴雅凌解释说，在那些古远的诗人笔下，一个季节代表一年的三分之一，而不是四分之一。因此，一年可以大致分为春季、夏季、冬季。吴雅凌提出的一个主要证据是，《神谱》中的"时辰女神"有三位，而不是四位。参见吴雅凌著《神谱笺释》，华夏出版社，2010 年，360 页。另外，希罗多德在《历史》中也有类似的阐述："库列涅（Cyrene）地区是利比亚的最高的部分……库列涅人便有了一个长达八个月的收获期。"参见〔古希腊〕希罗多德著《希罗多德历史》（上、下），王以铸译，商务印书馆，1959 年，400 页。

② 〔英〕弗雷泽著《金枝》，徐育新等译，大众文艺出版社，1998 年，568 页。

问题。[①]《暴风雨》中的青年男女彼此相爱却不能及时行乐，莎士比亚描画了一幅这样奇异的幻象：精灵们模仿女神，上演“戏中戏”，而“戏中戏”的主题就是贞洁战胜了情欲，阿佛洛狄忒与她可恼的儿子小爱神落荒而逃。但也有学者相信，恰恰是阿佛洛狄忒宽慰了困厄之中的德墨忒尔（见图 7.1），正如阿佛洛狄忒也曾言辞恳切地宽慰了困惑之中的欧罗巴一样。

图 7.1 〔古希腊〕大理石浮雕，“阿佛洛狄忒、厄洛斯、德墨忒尔”

约创作于公元前 470—公元前 440 年，现藏于美国波士顿艺术博物馆。右面坐者为德墨忒尔，她因与女儿离别而愁眉苦脸，右手扶着额头。左面坐者为阿佛洛狄忒，中间站者为厄洛斯，二位爱神试图宽慰德墨忒尔，并告知她，她的女儿每年春天都可从冥府归来。

① 〔英〕莎士比亚著《暴风雨》，朱生豪译，中国青年出版社，2013 年，87 页。相关分析，参见彭磊选编《莎士比亚戏剧与政治哲学》，马涛红等译，华夏出版社，2011 年，46 页。

3

除了作为谷物女神出现在希腊神话中，德墨忒尔有时竟然也化身为正义女神。[①] 中国学者林飘凉解释说："德墨忒尔是一位一神二任的天神，她除了任谷物女神外，还是一位为人们维护真理、主持公道的正义女神。她有一杆天秤，并且经常运用这杆天秤衡量人们的是非曲直、真善恶丑。"[②] 葡萄牙后期象征主义代表人物、诗人、作家费尔南多·安东尼奥·诺格伊拉·佩索阿（Fernando Antonio Nogueira Pessoa）吟咏过"我准确得像一杆秤"[③] 这样的诗句，即借用了此意。

不过，正如酒神狄俄尼索斯有时被认为与潘是同一位神祇一样，德墨忒尔正义女神身份的获得，大约是将谷物女

---

① 力强编著《星座与希腊神话》，科学普及出版社，1980 年，23 页。

② 林飘凉著《神话星座》，云南人民出版社，2002 年，29 页。

③ 出自佩索阿的一首诗《夜晚，我走在郊外的街道上》，参见〔葡萄牙〕佩索阿著《想象一朵未来的玫瑰：佩索阿诗选》，杨铁军译，中信出版社，2019 年，101 页。

神直接与正义女神狄刻（Dike）相重叠、参照的结果。关于正义女神的真身，本身就有蔓枝缠绕的两说，一说是德墨忒尔，另一说则是狄刻。和狄刻相关的故事就是希腊神话中鼎鼎大名的“五个时代”，即黄金时代、白银时代、青铜时代、英雄时代、黑铁时代。随着世道衰微，狄刻这位正义女神也无法忍受，于是回了天界。权且让我们梳理一下狄刻的谱系（见图 7.2）：

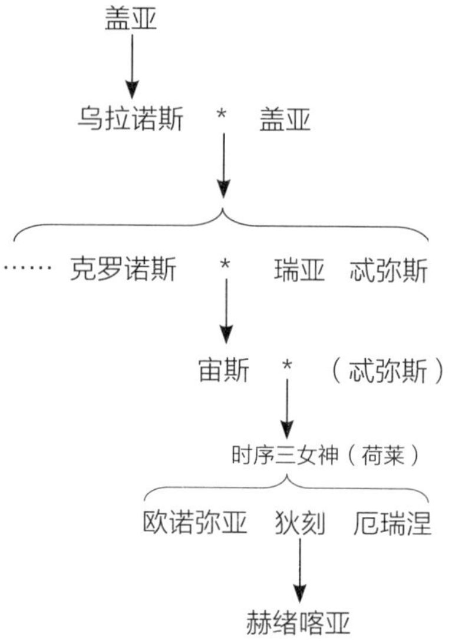

图 7.2 狄刻及其家谱

古希腊悲剧《阿伽门农》中有一段合唱就是赞美狄刻的：

狄刻却常在烟气弥漫的
陋舍里显露自己的光彩，
她敬重行为正直的人们。
对那些金光夺目的宅第
和不洁的双手她侧目而去，
前往圣洁清白的人家，
蔑视那因受世人赞誉
而膨胀夸大的财富力量，
把一切引向应有的结果。[①]

《俄耳甫斯教祷歌》也有类似的祷词：

我歌唱美丽的狄刻洞见一切的眼，
她驻守王者宙斯的神圣宝座之上，
从天庭看察人间的众生。
她以正义之罚惩处不义，

① 〔古希腊〕埃斯库罗斯等著《古希腊悲剧喜剧集》（上、下），张竹明、王焕生译，译林出版社，2011年，179页。

又以正直之理调令不和。
因每回思想不轨的人类
难作判断，误有不恰当的期望，
你独自向前，以正义纠正不义。
你是不义的敌人，正义的盟友。
女神哦，请为我们吹入高贵思想，
直到那命中注定的日子降临吾身。[1]

不论是东方还是西方，许多文艺工作者也都受到了和狄刻相关的神话故事的启发，并巧妙借用了神话的原初深意。

① 吴雅凌编译《俄耳甫斯教祷歌》，华夏出版社，2006年，114页。

4

德墨忒尔的故事为我们解释了四季何以形成，而更有意思的是，它还向我们阐释了人类对于万物生长的认知。

人类是万物的灵长，按说和植物是大不同的；人类却难以割舍自己与植物的某种隐秘的联系，这种隐秘的联系，就巧妙地体现于世界各地的上古神话之中。《圣经》认为，上帝“用地上的尘土造人”，而从土里长出来的东西应该是植物才对。中国的神话也有类似的说法，女娲造人，也是用的泥土。所有这些故事，其实昭示了同一件事，即人类的土生起源。卷帙浩繁又珠玑满篇的《尤利西斯》(*Ulysses*)也曾有“每年他总给她一株茁壮的一年生植物”[①] 这样的描述，其实就是指他与她每年都会生养一个孩子。换句话说，历史上人类成

① 〔爱尔兰〕詹姆斯·乔伊斯著《尤利西斯》，萧乾、文洁若译，译林出版社，2010 年，192 页。

就的几乎所有事情，根源上都是依赖于将植物取得的太阳能转换为人类自身肌肉的力量。从这个角度来看，人又焉能不起源于植物、不起源于大地呢？

《人类简史：从动物到上帝》（*Sapiens: A Brief History of Humankind*）有一段说法，讲得恰如其分：

> 历史上人类成就的几乎所有事情，第一步靠的都是将植物取得的太阳能转换为肌肉的力量。正因如此，人类历史在过去一直是由两大周期来主导：植物的生长周期以及太阳能的变化周期（白天和黑夜，夏季和冬季）。阳光不足、谷物尚未成熟的时候，人类几乎没有能量可用。这时谷仓空空，收税员无事可做，士兵无力行军或打仗，各个国王也觉得以和为贵。但等到阳光充足、谷类成熟，农民的收获堆满了谷仓，收税员四处忙着收税，士兵频频操练、磨刀利剑，国王也召集大臣，计划下一场战事。这一切的源头都是太阳能，这时已经取得并封装在小麦、稻米和马铃薯里了。[①]

① 〔以色列〕尤瓦尔·赫拉利著《人类简史：从动物到上帝》，林俊宏译，中信出版社，2014 年，328–329 页。

人及人类文化、太阳及太阳能、植物尤其是谷物，这几样东西乍看风马牛不相及，却能依循上述逻辑“汇合”在一起了。我们关注人类文化，特别是人类早期的文化，就不可能不关注太阳和植物。更进一步来讲，除了土生起源，植物的季节性荣枯也被人类津津乐道，被认为是人类命运的隐秘写照。不错，一年四季的循环中，既有艰难的时期，也有快乐的时期，悲喜交集，它被描绘成了人类持续不断的生命轮回。生命轮回毕竟是抽象的，而对这种轮回的具象表达在基督教中也有所呼应。尽管那位显容众多而屡遭危难的“救世主”以许多不同的面目现身世俗世界，可是他的命运注定是一场悲剧，要不停地忍受磨难，最终走向死亡。汤因比在其著作《历史研究》中表示，这位蒙难的神，其最古老的形式就是植物精灵，他在春天为人类而生，在秋天为人类而死。[①]

正如前文所述，人类与植物的渊源，对其最奥妙的表达恐怕莫过于德墨忒尔的故事。一年有 12 个月，其中的 6 个月，珀尔塞福涅回到阳间，陪母亲德墨忒尔；另外的 6 个月，珀尔塞福涅沉入地府，陪夫君哈迪斯。请仔细审视这个故事：一个事物，它在 6 个月的时间里上升到地面上来，又在另外

① 〔英〕阿诺德·汤因比著《历史研究》(上、下)，上海人民出版社，2010 年，537 页。

的6个月时间里下降到地府中去；到了第二年，它再次上升到地面上来，之后又沉入地府中去……如此循环，岁岁不已。请问，这是什么？这就是植物，特别是谷物。年年岁岁往复不已的，正是植物的衰败与苏醒、颓朽与繁荣。

《人类简史：从动物到上帝》中叙述的植物生长周期、太阳能变化周期，正以这样自然而然的方式与面貌，融汇反映在神话故事里了。《金枝》中的描述则更为直观："每年大地春暖花开的时候，她就从阴间回来。于是女儿愉快地到阳光里来，母亲高兴地接待她，搂着她。"这里的"她"，不就是植物自身吗？"她"开心地来到阳光普照的大地上，迎接新的一年。《金枝》更加笃信地写道：

> 一个女神，她每年有三个月在地下和死者待在一起（据神话的另一说法是半年），其余的时间又在地上和活人待在一起，她不在，大麦种子也藏在地下，田野光秃地空闲着；春天她回到世上来，谷物也从土里发芽，大地又盖满枝叶和花卉——这样一个女神绝不可能是别的，只能是植物的神话表现，特别是谷物的神话表现。五谷每年冬天有几个月埋在地下，每年春天又再复生，

像从坟墓里出来一样，长出茎秆，展开花叶。对珀尔塞福涅不可能有其他更合理的解释。[①]

接下来的问题是，如果细致地考究，倘若珀尔塞福涅就是植物（或更进一步地认为是谷物）的神话表现，那么德墨忒尔象征了什么？珀尔塞福涅显然是在地上世界与地下世界之间来回逡巡的，那德墨忒尔呢？德墨忒尔的形象是一个时而快乐地迎接女儿、时而悲戚地送别女儿的形象。有些观点认为，既然德墨忒尔是珀尔塞福涅的母亲，而珀尔塞福涅又是谷物，那德墨忒尔自然就是谷物的母亲，即产生谷物的丰饶大地了。

这个说法能否成立呢？一般认为，珀尔塞福涅与德墨忒尔的形象是类似的，在某种程度上甚至可以说难分彼此。所以，母女俩倘若说一个是谷物，一个是大地，而这二者又是类似的，这显然有违常理。合理的解释只能是：她们都是谷物的化身，都体现了谷物。只不过，女儿是新谷，母亲是陈谷，如此而已。《金枝》一书这样写道：

德墨忒尔就是当年的成熟谷物；珀尔塞福涅就是从

① 〔英〕弗雷泽著《金枝》，徐育新等译，大众文艺出版社，1998 年，570 页。

当年谷物中取出的谷种，秋天播下去，春天长出来。珀尔塞福涅降入地下世界就是播种的神话的表现；她春天再现就是幼谷出芽。在这种情形下，头年的珀尔塞福涅就成了来年的德墨忒尔，神话的原来形式很可能就是这样。但是在宗教思想的演进中，谷物不再用跟人一样地经历出生、生长、繁殖和死亡的全部循环过程来表示了，而是由一个不朽的女神来表示，为了与实践一致，母亲和女儿两者中必须牺牲一个。不过，谷物又是母亲、又是女儿的双重观念在人们心目中也许太古老，植根太深，不能用逻辑来清除掉，所以在改进了的神话中要给母亲和女儿都找个安身的地方。办法是让珀尔塞福涅做秋播春生的谷物，把谷物的沉重母亲这么一个多少有些模糊的角色留给德墨忒尔来担任，每年谷物消失于地下，她悲悼，春天谷物出生，她又欢乐。这样说来，改进了的神话就不是诸神灵之间的正规的继承，每个神生活一年，然后产生她的继承者，而是表现这样一种观念：两个不朽的神，一个每年消失于地下而又从地下出现，另一个却无事可做，只在适当的时刻哀哭和欢乐。[1]

① 〔英〕弗雷泽著《金枝》，徐育新等译，大众文艺出版社，1998年，607页。

荷兰语言学家和历史学家约翰·赫伊津哈（Johan Huizinga）在考证全世界的游戏仪式时曾提到过："公开演出的讽刺小品和黄色下流的歌曲，这些表演往往是德墨忒尔和狄俄尼索斯庆典欢宴的组成部分……在德墨忒尔和阿波罗的欢宴上，男男女女用互相嘲弄揶揄的歌曲比赛，也许，诽谤女性的文学主题即由此而来。"[①] 那么，从植物的神话表现这个层面，我们可以再次对赫伊津哈的考证进行更深入地解释。

前文提道，德墨忒尔和狄俄尼索斯都是植物之神：德墨忒尔是谷物女神，谷物是用来制作面包的；而狄俄尼索斯是酒神，酒的来源是葡萄。因此，二者往往会被并列提及。那为什么德墨忒尔又往往和阿波罗一起被同时祭拜呢？其实，问题的关键恰恰在这里：因为德墨忒尔是植物之神，所以她事实上代表了一种广义的"属地的神"的概念，阿波罗则是光明与太阳，他事实上代表了一种广义的"属天的神"的概念。属地的神和属天的神之间存在着竞争，这种竞争的曲折表达，就呈现在德墨忒尔和阿波罗的神的欢宴上了：女人们集中在德墨忒尔的旗号下以"女性"的名义去嘲弄男性，男

① 〔荷兰〕约翰·赫伊津哈著《游戏的人——文化中游戏成分的研究》，何道宽译，花城出版社，2007年，69页。

人们集中在阿波罗的旗号下以“男性”的名义去嘲弄女性。这里的女性和男性的彼此嘲弄，其实可以说是地和天的彼此竞争。女性归于大地，男性归于苍天，这种古老的二元象征，在古希腊神话中再次以意料不到的方式表现了出来。而且，用谷神来作为女性的象征，大概是最贴切不过的，因为农业耕种恰恰是被女性（德墨忒尔）发明出来的。泥土的秘密，星空的奥义，就这样融汇在一起。

如果我们再追问一句：竞争的结果如何？那么答案看起来就比较残酷了。德墨忒尔的故事暗喻了女神的颓靡与不振，亦即“属地的神”的颓靡与不振。坦娜希尔总结得无误：“如果说一位全能的女神确实曾经存在过，那么这也必须追溯到新石器时代——当时妇女还不只是生育孩子的人，还不只是耕田人，并且也还没有放弃她的特殊角色。”[①] 可在德墨忒尔的神话故事中，她是一个专司耕田的农事人员，是天天为孩子担惊受怕的执着母亲，“只在适当的时刻哀哭和欢乐”。因此，她便很难是一位全能的女神。

---

① 〔美〕坦娜希尔著《历史中的性》，童仁译，光明日报出版社，1989 年，53 页。

第八章

斟杯

1

据传说，赫拉克勒斯死后飞升到神界，与头戴花冠、手持金杯的青春女神赫柏（Hebe）结为连理，生育了许多孩子。[①]《浮士德》中有几句对白，提及并赞颂了这门亲事：

> 喀戎：他（赫拉克勒斯）是一位天生的王，一小就仪表堂堂，光彩照人；对兄长毕恭毕敬，对最娇美的女人无不低首下心。地母再也生不出第二个这样的儿子，赫柏也不会把第二个引上天国；歌曲枉然为他咏唱，大理石枉然为他雕琢。
>
> 浮士德：不管雕刻家怎样矜夸他的作品，实在展示

① 赫柏的出身极其高贵，父亲是宙斯，母亲是赫拉。更有讽刺意味的是，赫拉最憎恶的人恐怕就是赫拉克勒斯，她千方百计要置赫拉克勒斯于死地，但赫拉克勒斯最终竟成了赫拉的乘龙快婿。

不出他的宏伟庄严。[①]

然而这门亲事牵涉到了另一个问题：青春女神赫柏未出嫁时是神界的斟酒官，负责在饮宴之时为各位神祇斟酒，结婚后便不再负责斟酒之事，这样奥林匹斯山上就少了一位斟酒之人，于是宙斯从人间找来了俊美的伽倪墨得斯（Ganymede/Ganumedes）侍酒。关于伽倪墨得斯的身世有着不同的说法，一种比较普遍的说法认为他是特洛伊的王子。[②] 但不管怎样，有一点是肯定的：伽倪墨得斯是人间最为俊美的男子之一。

宙斯找到伽倪墨得斯之后，曾向伽倪墨得斯许诺给予他永恒的生命，但前提是伽倪墨得斯必须心甘情愿地跟随宙斯来到奥林匹斯山，服务众神。宙斯的这个请求被伽倪墨得斯拒绝了——在这里，我们看到了希腊神话中一再强化与赞扬的精神：与神相比，人虽然渺小，却具有绝不逊于神的刚强品格。换句话说，人当然可能会屈服于神，但是对于人的灵魂和精神而言，这种屈服仅仅是偶然的和外在的。然而伽倪

① 〔德〕歌德著《浮士德》，绿原译，人民文学出版社，2014 年，259 页。

② 关于伽倪墨得斯的身世，《伊利亚特》第 20 卷有所涉及。参见〔古希腊〕荷马著《伊利亚特》，陈中梅译，译林出版社，2012 年，471 页。

墨得斯的拒绝毕竟无力。被伽倪墨得斯拒绝的宙斯，立时恼羞成怒，化身成一只大鹰，将伽倪墨得斯从地面抓到空中，强行掳掠到了奥林匹斯山上，伽倪墨得斯不得不在仓促之间诀别故土。这壮烈的一幕，成为后世诸多艺术品的主题，一般被称为“被俘的伽倪墨得斯”[①]，几乎可与“被缚的普罗米修斯”齐名。但丁的诗句描绘过这个场景：

我这时在梦中似乎看见，
一只有金色羽毛的鹰翱翔在蓝天，
它张开翅膀，准备下降；
我仿佛身在伽倪墨得斯的伙伴
被他抛弃的地方，
因为他被劫掠到天国的会堂。[②]

这里还要紧跟着讲讲两个细节。

第一，斟酒的任务，是不是一种低贱的工作？自然不是。

---

① 《伊利亚特》之中多次提及此事，譬如这样的诗句：“神样的伽努墨得斯（伽倪墨得斯），人世间最美的男童——为此，诸神将其带到天上，成为替宙斯司斟的侍从，因为他的美貌，使其生活在长生者之中。”参见〔古希腊〕荷马著《伊利亚特》，陈中梅译，译林出版社，2012 年，105–106 页、471 页。

② 〔意大利〕但丁著《神曲 · 炼狱篇》，黄文捷译，译林出版社，2011 年，84 页。

青春女神赫柏的出身极其高贵，是神王宙斯与神后赫拉的嫡长女。女神给诸神斟酒，而这种酒水可以使众神永葆青春活力，而众神也从不吝啬把他们的赞美与感激献给女神。自然而然，女神“辞职”后，接替她工作的小伙子想必也获得了这样的荣耀，甚至被称为是在从事着“最光荣的差使”。[①] 研究希腊历史的利奇德也讲过：“只有门第显赫的男童和年轻小伙子才能担任斟酒这一职务。”[②] 又引证说：“在古人中只有最高贵的少年才可出来斟酒。荷马史诗中，墨涅拉俄斯的儿子就是这样一个例子。欧里庇得斯年轻的时候也当过侍酒郎。”[③] 从这种历史考证的视角出发，伽倪墨得斯被抓到神界之后，按照神的本意，他应该是尽享荣耀的。当然，从自由的角度讲，但凡做了自己并不想做的事情，便是不自由，伽倪墨得斯自然也不觉得高兴。古希腊人对于自由的推崇一向甚高。希罗多德曾借着斯巴达人的嘴说过一段名言：

> 斯巴达人回答他说：“叙达尔涅斯……对于做一名奴隶，那你是知道得十分清楚的，但是你却从来没有体验

① 〔古希腊〕埃斯库罗斯等著《古希腊悲剧喜剧集》（上、下），张竹明、王焕生译，译林出版社，2011 年，650 页。

②③ 〔德〕利奇德著《古希腊风化史》，杜昌忠等译，海豚出版社，2012 年，184 页。

过自由，不知道它的味道是不是好的。如果你尝过自由的味道的话，那你就会劝我们不单单是用枪，而且是用斧头来为自由而战了。”①

第二，关于伽倪墨得斯被抓到天上的事，也有一种观点认为，伽倪墨得斯并没有那么刚强，他是被宙斯设计欺骗了。据说，宙斯企图俘获伽倪墨得斯的时候，自己变成了一只雄鹰，降落在伽倪墨得斯的身旁，温顺无比。伽倪墨得斯非但没有防备这只奇怪的鹰，反而颇为喜爱，竟敢爬到鹰背上去骑乘！当然，这正是宙斯的圈套。伽倪墨得斯骑乘之后，雄鹰就一飞冲天，伽倪墨得斯便再也无法回到地面。不过，对于这一观点，我们也要持一种怀疑的态度。如果伽倪墨得斯的确是骑乘着雄鹰的话，那么他应该是在鹰背之上才对，但历史上的诸多艺术品，却不是如此反映这个瞬间的，而是雄鹰在上、伽倪墨得斯在下，雄鹰用利爪直接抠住了伽倪墨得斯，强行拖吊着伽倪墨得斯飞上山去。无论是骑乘还是拖吊，对伽倪墨得斯来说，雄鹰毕竟是受难的标志；而对宙斯来说，

① 〔古希腊〕希罗多德著《希罗多德历史》（上、下），王以铸译，商务印书馆，1959 年，606 页。对于“自由”问题的深刻论述，参见〔英〕以赛亚·伯林著《自由论》，胡传胜译，译林出版社，2011 年，170 页。

雄鹰则是胜利的象征。因而，宙斯为了纪念自己的“壮举”，便将自己变化的雄鹰形象提至天界，这就是著名的天鹰座的由来。

说到天鹰座，估计中国的读者并不熟悉。可是，天鹰座的一颗星——α星，中国的读者却不可能不熟识——牛郎星。

2

从赫拉克勒斯神话与伽倪墨得斯神话出发，我们还可以引申出一个话题，即古希腊文化对于裸体的热衷与崇尚。这种热衷与崇尚，当然也是根植于生活本身的。

我们可以毫不夸张地断言，古希腊少年每天有四分之三的时间待在角力和体操学校里。在这些运动中，青少年男子都是赤身露体的。“在众多文明种族中，古希腊人是唯一敢把自己赤裸的身体暴露在阳光下的民族。”[①] 丹纳更是满心喜悦地赞叹道：“青年人大半时间都在练身场上角斗，跳跃，拳击，赛跑，掷铁饼，把赤露的肌肉练得又强壮又柔软；目的是要练成一个最结实，最轻灵，最健美的身体，而没有一种

① 〔英〕J. C. 斯托巴特著《光荣属于希腊》，史国荣译，上海三联书店，2011 年，97 页。

教育在这方面做得比希腊教育更成功了。”[①]

会聚在角力和体操学校里的男孩子们赤身露体，而当时的人们则普遍认为这并无不妥。格尔茨感慨着说：“理解一个民族的文化，即是在不削弱其特殊性的情况下，昭示出其常态。”[②]古希腊人的生活常态中，美好的身体成了最高的物质价值和伦理价值的双重化身，因而美好的身体必然被呈现、塑造、观赏、崇拜。尼采亦曾这样毫无保留地称赞古希腊人：“这是一种很高级的人，他如此地站在自然和生活的面前！”[③]尤其是，如此“坦然”地站在自然和生活的面前，不能不令后人叹为观止。

进一步来讲，古希腊人的这种“常态”也意味着，在古希腊并不存在单纯地对美好身体的炫耀，身体（尤其是裸体）在古希腊人看来只是日常生活的一部分而已。正如在古希腊

---

① 〔法〕丹纳著《艺术哲学》，傅雷译，天津社会科学院出版社，2004 年，77 页。丹纳甚至这样讲：“这一组感情、需要、才能，倘若全部表现在一个人身上而且表现得很有光彩的话，就构成一个中心人物，成为同时代的人钦佩与同情的典型：这个人物在希腊是血统优良，擅长各种运动的裸体青年；在中世纪是出神入定的僧侣和多情的骑士；在十七世纪是修养完美的侍臣；在我们的时代是不知餍足和忧郁成性的浮士德和维特。”参见 104 页。

② 〔美〕克利福德·格尔茨著《文化的解释》，韩莉译，译林出版社，2014 年，18 页。

③ 〔德〕尼采著《善恶之彼岸：未来的一个哲学序曲》，程志民译，华夏出版社，2000 年，52 页。

的体育赛场上其实也没有纯粹的观看者一样，运动员与观看者之间的区别，只是场上与场下的区别，因为体育运动是古希腊社会生活中不可或缺的根本组成部分。[①]

在雅典，少年从 12 岁起就要进入巴来斯特拉体育学校（Palaestra），学习体育技巧，锻炼身体，准备服兵役。[②]这是男孩子们从小到大的生活常规与正轨。正因如此，古希腊人不喜欢不参加裸体训练的异族人，嫌弃他们皮肤过于白皙。处于战时的古希腊人甚至有可能会因本方军队的士兵们拥有古铜或黝黑的健康肤色而全军士气大振。古希腊历史学家、思想家色诺芬（Xenophon）在其著作中如是讲述：

> 阿格西劳斯相信，鄙视敌人会激发本方士兵的勇气，他让传令官传达命令，希腊骑兵只要捉获异族人，就要扒光他们的衣服再将其出售。由于这些异族人从不裸体训练，因而皮肤白皙；也因为他们经常乘坐战车，故而身体柔弱，不能劳作。[③]

---

① 参见潘知常、林玮著《大众传媒与大众文化》，上海人民出版社，2002 年，510 页。

② 〔古希腊〕柏拉图著《游叙弗伦 / 苏格拉底的申辩 / 克力同》，严群译，商务印书馆，1983 年，127 页。

③ 〔古希腊〕色诺芬著《希腊史》，徐岩松译，上海三联书店，2013 年，121 页。

充斥着新鲜与炽热的生命力的身体正是诸多古希腊雕塑家的灵感来源，这与中华传统思想或有不符，但也正是跨文化交流的深刻意义所在：“理解异文化的意义之一，就是在异文化中发现我们自己或缺的东西，然后来重新探究那些东西在本土文化中业已消失的原因。这意味着异文化不单单是一种珍奇的存在，并且是重新审视本土文化的一个机会。”[①]

① 〔日〕青木保著《异文化理解》，于立杰等译，中国青年出版社，2008 年，65 页。

3

在神话故事之外，宙斯与伽倪墨得斯的故事其实是一个关键隐喻：伽倪墨得斯从凡间少年蜕变为天界神仙，而在这个蜕变过程中，宙斯充当了引导者（或教育者）。回归到现实生活之中，我们该怎么理解这种男性之间的教育模式呢？这个问题回答起来可就比较复杂了。

在古希腊人看来，男人和男人在一起可以有理智的对话，乃至达到心灵的共鸣。古希腊人最推崇的生活理想就是“身心皆美”[①]，而这种理想的达到，必须通过少年教育的方式。古希腊人坚持，身心和谐发展的少年是最完美的，而要达到这一点的最佳途径就是努力去教育他们、引导他们、关爱他们。关于这个问题，有两个细节可资一谈。

① 如何正确理解“身心皆美”的内涵，当然是不容易的。我们姑且可以依据以下的说法加以揣测：“仪表的美好、身体的力量与灵活、好强求胜的品德、遵守规范的意识。”参见〔德〕托尼奥·赫尔舍著《古希腊艺术》，陈亮译，世界图书出版公司，2014 年，9 页。

第一个细节是上阵打仗。什么样的军队才是无坚不摧的？古希腊人认为，由教育 - 被教育的男人们组成的军团是力量最强大的，因为任何一名男子都不愿意在自己最熟悉和最亲近的人面前显得怯懦。柏拉图的《会饮篇》里有一大段谈话，讲的就是这个意思。[①] 在古希腊人眼中，由男子主导的少年教育可以构建更为牢固的关系，从而可以达到更好地护卫城邦、护卫国家的效果。《罗马神话》里详细描述过尼素斯和欧律阿罗斯的故事，也是类似的情形：这一对教育者 - 被教育者，奋勇杀敌，毫不退缩，最终双双战死于疆场之上。[②]

第二个细节是哲学讨论。古希腊人认为，男人之间的教育 - 被教育，尤其可以在彼此的哲学精进方面有所助益。或者说，古希腊人寻求一种精神上的提升，但这种提升在男女之间是无法达成的。恩格斯曾在古希腊研究中指出，“妻子……变

---

① Plato, *The Symposium*, edited by M. C. Howatson and Frisbee C. C. Sheffield, Cambridge University Press, 2008, p9. 作为参照，英文照录如下：If only some means might be found for a state or an army to consist of pairs of lovers, there would be no better people to run their country, for they would avoid any act that brought disgrace and would compete with each other in winning honour. Moreover they would be victorious over virtually every other army, even if they were only few in number, as long as they fought side by side. Certainly a man in love who deserted his post or threw away his arms would mind less being seen by the whole world than by his beloved; sooner than this he would choose to die a thousand deaths. And as for abandoning his beloved or failing to go to his aid in danger – no one is so cowardly that he cannot be inspired to courage by Love himself, to be the equal of the man who is very courageous by nature。

② 〔德〕古斯塔夫·夏尔克著《罗马神话》，曹乃云译，译林出版社，2010 年，38–44 页。

成单纯的生孩子的工具了。”[①] 在古希腊人看来，男人之间的友谊成了一种高雅的、隽永的、具有美学意义的精神追求。因而，在这个意义上，年长的男子有责任教育年轻的男子，在亲密的生活中充当他的老师，激励年轻人学习一切高尚的品德，通过这种强烈的友爱关系来传授知识。而如果年轻人在日常生活中不小心犯了错，年长的男子还要替年轻人受罚。

“要在他们（少年）那接受能力很强的心上播撒一切美好高尚事物的种子，尽可能地把他们培养成优秀公民。”[②] 我们提到过，古希腊人最推崇的生活理想就是“身心皆美”，这种理想的获得恰恰是要通过“少年教育”的途径去完成的。对希腊文化了如指掌的罗念生也曾这样讲：“他们很少享受家庭生活，他们过的是社交生活、宗教生活、艺术生活、特别是阳光生活。”[③] 这里的“家庭生活”指夫妇间的日常生活，如前文所述，希腊人却恰恰不以此为重。希腊人看重的乃是“少年教育”所指引的那种生活。

---

① 〔德〕恩格斯著《家庭、私有制和国家的起源》，中央马列编译局译，人民出版社，1999 年第 3 版，57 页。

② 〔德〕利奇德著《古希腊风化史》，杜昌忠等译，海豚出版社，2012 年，437 页。

③ 罗念生著《希腊漫话》，北京出版社，2016 年，10 页。复可参见〔美〕段义孚著《恋地情结》，志丞、刘苏译，商务印书馆，2018 年，265–266 页。段义孚说：“希腊人以公共生活为荣。他们觉得私人领域都摆脱不开浑浑噩噩无所作为的生物体本能。”

我们在希腊神话里读到的故事，也几乎完全是这种“教育－被教育”的类型，譬如宙斯与伽倪墨得斯之间。赫拉克勒斯与他的侄儿伊俄拉俄斯之间也是这种关系。赫拉克勒斯事实上是伊俄拉俄斯的教育者与向导，二人同仇敌忾，并肩战斗。

诚然，宙斯与伽倪墨得斯的这个故事，有一个重要细节是“例外”的，即伽倪墨得斯并不是自己心甘情愿被宙斯教育的，他是被迫如此的。在古希腊少年教育的一般传统里，男人与少年之间的教育－被教育，应该是双方都自愿的。因而从这个意义上来讲，宙斯与伽倪墨得斯的故事可能还算不上足够典型。

既然谈到了教育－被教育问题，我们就不得不继续追问更为曲折的两个理论细节。第一个理论细节是，同龄人之间的教育，可以如此吗？第二个理论细节是，教育双方的角色能否互换？对这两个理论细节的讨论目前还不太充分，但答案都是偏向否定的。

法国哲学家、思想家米歇尔·福柯（Michel Foucault）在这个问题上的论述尤其清晰。在他看来，角色问题恰恰是最关键的问题。年长的男人是教育的主动一方，而少年则是教育的被动一方，二者不能互换。[①] 也就是说，成年男人必

① 〔法〕米歇尔·福柯著《性经验史》，佘碧平译，上海人民出版社，2005 年，138 页。

须是教育活动的主体（主动一方），而少年只能作为教育对象，即教育活动中的配角（被动一方）出现。

帕特罗克洛斯（Patroclus）和阿喀琉斯之间惺惺相惜的故事，也正是在这个关键问题上出现了意想不到的瑕疵。阿喀琉斯和他的密友帕特罗克洛斯的关系是人尽皆知的，帕特罗克洛斯死后，阿喀琉斯杀死了12名特洛伊壮硕青年为帕特罗克洛斯殉葬，因为“纯洁的青年俘虏的血是人的牺牲中最神圣者”①——这是荷马史诗中唯一提到的一次人殉。阿喀琉斯死后，与帕特罗克洛斯同瓮而葬，这在《奥德赛》第24卷中亦有明确记述。虽则如此，一个无法绕开的问题依然如影随形般地浮现出来：他们二人，到底谁是主动一方，谁又是被动一方呢？根据《伊利亚特》的讲法，帕特罗克洛斯比阿喀琉斯岁数大。②这么说来，帕特罗克洛斯应该是教育者，而阿喀琉斯应该是被教育者，这是固有认识。《伊利亚特》却没有把这一点勾勒清楚，甚至传达出某种相反的感觉，貌似阿喀琉斯是主动的（教育者），帕特罗克洛斯是被动的（被教育者）。

---

① 〔英〕爱德华·泰勒著《原始文化：神话、哲学、宗教、语言、艺术和习俗发展之研究》，连树声译，广西师范大学出版社，2005年，633页。

② 〔古希腊〕荷马著《伊利亚特》，陈中梅译，译林出版社，2012年，267页。

福柯就此评价道:“当男性关系是建立在区分青少年与成年人的界限之上的时候，它就引起了一种理论的和道德的关注。”[①]这句话的意思是，教育－被教育本身并不是道德关注的焦点，但往往会牵扯到其他问题，而这些“其他问题”就是道德所不得不加以关注的了。在《伊利亚特》中，帕特罗克洛斯和阿喀琉斯互相关爱、彼此帮衬，年长的帕特罗克洛斯却没有采取主动的姿态，反倒是年轻气盛的阿喀琉斯显得颇为主动，这就混淆了青少年与成年人之间的差别。

当然，我们还是能够发现古希腊少年教育的悖论，即少年早晚是要成为成年男人的，那么在何时、何地、何种情形下，一个被动方（少年）该跃迁为主动方（男人）呢？主动方与被动方之间的关系界定肯定是困难与含混的，这些困难与含混必然削弱了该秩序的适用性与有效性。

无论如何，人类个体之间的关系，基于关系的各种经验以及对于各种经验的评价，都绝不是一个能保持同一的问题，相反，它是历史塑造（historically shaped）与政治规训（politically regulated）的结果。[②]

---

① 〔法〕米歇尔·福柯著《性经验史》，佘碧平译，上海人民出版社，2005年，246页。

② Lisa Duggan and Nan D. Hunter, *Sex Wars: Sexual Dissent and Political Culture*, Routledge, New York, 2006, p144.

第九章

问情

1

在古罗马的神话中，有一个有趣“翻版”：据说，丘比特（Cupid，厄洛斯在古罗马神话中的对应神）的情人普赛克（Psyche）为了找到丘比特，不得不完成维纳斯（Venus，阿佛洛狄忒在古罗马神话中的对应神）交给她的各项任务。而普赛克历险记几乎就是一个“女性版”的赫拉克勒斯历险记。

丘比特时常被描绘为一个调皮的小男孩，大部分时候并不听从母亲的教导。读者们普遍喜欢丘比特，觉得长有金色双翅的大胖小子总该是可爱的，就算顽劣一些也无妨。但丘比特顽劣得有些过分，客观上制造了许多爱情悲剧或婚姻悲剧。丘比特自己称这不过是一些恶作剧，但这些恶作剧的结果往往是毁灭性的。

关于他的母亲维纳斯（阿佛洛狄忒），有一个最值得注意的细节是她的诞生。丹麦宗教哲学心理学家、诗人索伦·克尔凯郭尔曾在诗中歌颂："维纳斯从海底升腾的那一刻就美色照人。"[①] 华兹华斯的笔下也曾流淌着这样的诗句：

> ……每当诗中
> 腾起灵妙的意象，一展丰满的
> 羽翼，犹如维纳斯在海中诞生……[②]

阿佛洛狄忒并没有经历过从幼年到成年的成长过程，而是一下子就"成人"了，她从来不曾幼稚，也永远不会衰老。作为神祇，她所司的领域就是爱和美，她是情欲的化身。爱神集古希腊人想象的所有绚烂、靓丽、奇幻、奥妙于一身，她也因此成为古希腊艺术品中最常见的题材或形象。据考证，古希腊从公元前 4 世纪开始出现女子裸体圆雕，而第一件全裸女子雕塑就是《尼多斯的阿佛洛狄忒》。[③] 还有学者考证，阿佛洛狄忒的形象可能是古希腊诸神形象中成型最早的一个，其渊源几乎可以追溯到更为古老和神秘的非洲文明。

---

① 〔丹麦〕索伦·克尔凯郭尔著《非此即彼》，陈俊松、黄德先译，光明日报出版社，2007 年，174 页。

② 〔英〕威廉·华兹华斯著《序曲或一位诗人心灵的成长》，丁宏为译，北京大学出版社，2017 年，92 页。

③ 中央美术学院美术史系外国美术史教研室编著《外国美术简史》，高等教育出版社，1998 年第 2 版，22 页。

“古老的阿佛洛狄忒，是头戴王冠的黑人，手中拿着罂粟和苹果。”[1] 无论怎样，阿佛洛狄忒一直受到世人的爱戴和追捧，这是肯定的。希腊文化与罗马文化融合之后，罗马人赋予阿佛洛狄忒一个新的名字——维纳斯，并以这个无比纯美典雅的名字命名了天空中最亮的星：金星。《浮士德》叙及“金星夫人把你们个个迷住，从早到晚对你们脉脉含情”[2]，就是借用了阿佛洛狄忒的典故。

《伊利亚特》第 5 卷里，宙斯对阿佛洛狄忒这样吩咐：

> 我的孩子，征战沙场于你无关。
>
> 你还是操持自个的事务，婚娶姻合的蜜甜，
>
> 把这一切战事留给雅典娜和迅捷的阿瑞斯操办。[3]

由此可见，阿佛洛狄忒负责的领域确实是“婚姻嫁娶”，但凡涉及婚姻、爱情、性欲的，基本都在爱神的管控之下。在古希腊神话故事中，阿佛洛狄忒还有一件法宝，也是不能不提及的，《伊利亚特》第 14 卷描述说：

---

① 〔法〕裘利亚·西萨、马塞尔·德蒂安著《古希腊众神的生活》，郑元华译，上海人民出版社，2008 年，155 页。

② 〔德〕歌德著《浮士德》，绿原译，人民文学出版社，2014 年，193 页。

③ 〔古希腊〕荷马著《伊利亚特》，陈中梅译，译林出版社，2012 年，112 页。

言罢，她从胸前解下一个编工精致、
织着花纹的彩条，上面是各种各样的诱惑，
编织着情爱和性欲的冲动，编织着多情者的
窃窃私语，甚至足以使一个明智者丧魂落魄。[①]

这就是阿佛洛狄忒的腰带，这条腰带的魔力就连宙斯本人也无法抵御。《伊利亚特》记叙，天后赫拉为了使雅典人在特洛伊战争中获得胜利，特地向阿佛洛狄忒借了这条腰带，藏在长袍底下，以引诱宙斯。宙斯显然无法抗拒，遂与赫拉共赴爱河。荷马用了60多行诗句来描写这个故事。

宙斯与赫拉都是司掌权力的伟大神祇，宙斯乃是下视万类的众神之父，赫拉则贵为天后，也是大权在握。据说，赫拉曾向特洛伊王子帕里斯（Paris）许诺，可以赐予他世间最高的权力。但是，即使是宙斯与赫拉，也丝毫不能抵御阿佛洛狄忒的魔力。这不啻一个极其有趣的隐喻：宙斯与赫拉，可以掌控权力，但这个权力里面不包括爱情（性欲）的权力。爱情（性欲）的权力体现为一种独立而别样的功能，仅为阿佛洛狄忒所有。终归说来，情爱的乐趣是独立的。我们在讲

① 〔古希腊〕荷马著《伊利亚特》，陈中梅译，译林出版社，2012年，325-326页。

述美狄亚神话的时候已经探讨过这种“独立”，情爱的乐趣，绝不是为了达到其他任何目的的某种手段，它自己就是目的。

这里不妨再举出一个更加有趣的旁证。古希腊悲剧《特洛伊妇女》中，和特洛伊王子帕里斯私奔的古希腊第一美人海伦曾为自己辩护，理由之一就是：爱情（性欲）是无法阻挡的，根本控制不住，说到底还得怪阿佛洛狄忒。海伦曾经愤愤地讲：“他虽然是其他众神的主人，却还是她的奴隶呢！”[①] 这里的“他”指的是宙斯，“她”指的是爱神阿佛洛狄忒，即是讲，就算是宙斯这样的大神也不得不屈从于爱情（性欲）的统治。当然，若连宙斯都敌不过性欲，凡人自然更逃不脱爱神的摆布。《伊利亚特》第 3 卷记载，古希腊第一美人海伦在阿佛洛狄忒的指引下登上城墙，一露脸，城下的男人们便纷纷颔首称赞，认为为了这么一个女人经年苦战是“不能责怪”帕里斯的，因为海伦“极像长生的女仙”。[②] 海伦的出现自然而然、不可避免地引起了男人们的爱慕之情（性欲），男人们不得不屈服于这种欲望。

① 参见〔古希腊〕埃斯库罗斯等著《古希腊悲剧喜剧集》（上、下），张竹明、王焕生译，译林出版社，2011 年，656 页。

② 〔古希腊〕荷马著《伊利亚特》，陈中梅译，译林出版社，2012 年，62–63 页。

继而言之，上述关于宙斯与赫拉的故事、帕里斯与海伦的故事，不仅阐明了爱情（性欲）的强大力量，同时也阐明了众神和凡人在爱情（性欲）面前所得到的平等待遇。费孝通讲过一段有趣的话，用在这里非常合适："性的关系是一种很原始的关系，我所谓原始关系，就是先于文化的。这种强烈的冲动可能销毁一切后起的、用社会力量所造下的身份。"[①]

就神人平等问题而言，《古希腊众神的生活》一书总结得更直白："因为阿佛洛狄忒使所有的生灵都屈服于欲望的法律：众神、凡人、大地和海里的动物。只有三位顽固的童贞女神能够抵抗她：雅典娜、阿尔忒弥斯和赫斯提亚。"[②]

---

① 费孝通著《乡土中国/生育制度》，北京大学出版社，1998年，141–142页。

② 〔法〕裘利亚·西萨、马塞尔·德蒂安著《古希腊众神的生活》，郑元华译，上海人民出版社，2008年，36页。关于赫斯提亚，复可参见〔英〕爱德华·泰勒著《原始文化：神话、哲学、宗教、语言、艺术和习俗发展之研究》，连树声译，广西师范大学出版社，2005年，627页。

2

阿佛洛狄忒是爱神，也是美神，也就是说，但凡和爱、美、情、性等沾边的东西，甚至还要算上艺术在内，恐怕都可以和阿佛洛狄忒这位女神产生联系。那么，围绕阿佛洛狄忒展开的各种故事叙述与情节描写必然数不胜数。

在数不胜数的故事之中，就让我们从最悲凉的那个开始说起。须知，阿佛洛狄忒是爱神，美艳无比又冰雪聪明，但偏偏她自己却享受不到真正的爱情。这种命运的悖谬感与残酷感，几乎可以说是古希腊神话的永恒主题。就好比俄狄浦斯全力搜寻凶手，最后发现凶手竟是自己；这位睿智的王者，能够轻松解开斯芬克斯之谜，却根本无法抗御甚至根本无法认识自己的命运多舛。再譬如人马喀戎，他几乎是一位无所不能的医者，却无法医治自己所罹的箭伤，并最终求得速死。类似地，神话故事不断向我们展示，阿佛洛狄忒真正挚爱的男子是凡人阿多尼斯，但她永远地失去了他。[1]故而，弗莱才会在《批评的解剖》一书中公允地承认：“哀悼阿多尼斯之死的最恰当的人物应是维纳斯。”[2]

莎士比亚写过一首长诗，就叫《维纳斯和阿多尼斯》。19世纪中叶，马克思、恩格斯主编《新莱茵报》之时，曾在该报的小品栏里刊登过这首诗。全诗正文1194行，《新莱茵报》刊登了568行。这是《新莱茵报》小品栏刊登的莎士比亚唯一作品，马克思、恩格斯意在反抗封建伦理对人们思想的禁锢。以下是诗的第25—30行，描写维纳斯把所爱之人阿多尼斯拉下坐骑：

> 捉住他汗津津的手不放。
> （汗津津的，表示他精力充沛、血气盛旺）
> 风情激得她颤声叫这汗是玉液琼浆，
> 世上给女神治相思的灵药，数它最强。
> 爱焰给了她一股力量，弄得她如痴如狂，

① 双鱼座对应中国的奎宿，以及其他的一些星。值得指出的是，中国的霹雳星和云雨星也包括在这里。按照中国古人的理解，云雨往往代表相爱的恋人不得善终的情况。这和双鱼座的原型（爱神）的经历是惊人的一致。

② 〔加拿大〕诺思罗普·弗莱著《批评的解剖》，陈慧等译，百花文艺出版社，2006年，441页。

叫她勇气勃勃地，把他从马上揪到地上。[①]

据《金枝》记载，在阿多尼斯还是婴儿的时候，阿佛洛狄忒曾把他藏在盒子里，托冥后珀尔塞福涅抚养。珀尔塞福涅后来却不肯将阿多尼斯还给阿佛洛狄忒，阿佛洛狄忒悲痛欲绝。爱神（象征爱情）和冥后（象征死亡）这两位女神之间的争执只能由宙斯出面调停[②]。宙斯惯会打圆场，就姑且判决阿多尼斯每年的一半时间在阴间跟珀尔塞福涅同住，另一半时间在阳世跟阿佛洛狄忒同住。可这个故事竟然还没完。这位名叫阿多尼斯的美男子在阳世参加狩猎时，又遭逢不幸，被野猪活活咬死。[③]后世文人增添了更为曲折的情节，又补充说，阿佛洛狄忒早已预感心爱的人将一去不回，便使出浑身解数试图留下阿多尼斯，但阿多尼斯不为所动，执意前往

① 转引自陈力丹撰《“幽默的彗星之尾”：论〈新莱茵报〉的小品栏》，载于《山东师范大学学报》（社会科学版）2022 年第 1 期。

② 特别有意思的是，在弗洛伊德的精神分析派心理学看来，性爱与死亡，又似乎是彼此贯通着的。在现代伦理学中也有这种“爱欲论和死论平行高涨”的情况。参见刘小枫著《沉重的肉身》，华夏出版社，2015 年，142 页。

③〔英〕弗雷泽著《金枝》，徐育新等译，大众文艺出版社，1998 年，475 页。又有一说，认为阿多尼斯被野猪咬死之后，阿佛洛狄忒哀恸不已，请宙斯发发慈悲。宙斯答应让阴间里的阿多尼斯每年回到阿佛洛狄忒身边几天时间，这就是阿多尼斯节所象征的意义。这个节日的庆祝活动特别突出女人的地位，节日期间人们供起阿多尼斯和阿佛洛狄忒的偶像，有时也抬着它们四处游走。参见〔德〕利奇德著《古希腊风化史》，杜昌忠等译，海豚出版社，2012 年，125 页。

狩猎。可叹阿佛洛狄忒的无边法力：连宙斯都不得不为之屈服，却终究不能挽留她自己唯一挚爱过的男人。据说红玫瑰也出自这个故事，阿多尼斯狩猎负伤，阿佛洛狄忒急忙跑去照看弥留之际的阿多尼斯，途中不小心踩到了一丛白玫瑰，玫瑰之刺扎伤了女神的脚踝嫩肉，女神之血（其实应该称为“灵液”更为准确）从此把白玫瑰染成红色。

《奥德赛》第 8 卷所讲述的阿瑞斯和阿佛洛狄忒偷情的戏谑故事，与阿多尼斯也有一定联系[①]。战神阿瑞斯也是阿佛洛狄忒的爱慕者，他看见阿佛洛狄忒钟情于阿多尼斯，醋意大发，想方设法要置这位凡间的情敌于死地。机会终于来了，在阿多尼斯狩猎的时候，阿瑞斯变身为一头野猪，将阿多尼斯咬死。但令阿瑞斯郁闷的是，就算除掉了阿多尼斯，他也依然难以光明正大地得到阿佛洛狄忒，因为阿佛洛狄忒在奥林匹斯山上还有一门“包办婚姻”。很久以前，宙斯与赫拉做主，将阿佛洛狄忒强行许配给了铁匠神赫菲斯托斯，但残疾的赫菲斯托斯并非阿佛洛狄忒心仪之人。可叹阿佛洛狄忒的婚姻和爱情都是悲剧，司爱情与婚姻也并未给她带来任何特权。

---

① 参见〔古希腊〕荷马著《奥德赛》，陈中梅译，译林出版社，2012 年，193–199 页。

这个富于戏谑色彩的故事下面才正式开场。大家已然知道，阿佛洛狄忒的“正牌”丈夫是赫菲斯托斯，但她不爱他。赫菲斯托斯是个铁匠，心思巧妙，可惜腿脚不大灵便。[①]战神阿瑞斯，脾气不好，武功平平，但人长得魁梧俊美。赫菲斯托斯意识到自己的妻子阿佛洛狄忒与阿瑞斯有染，便特地打造了能够随时罩下并绷紧的隐形罗网，挂在床上。这一日，阿瑞斯和阿佛洛狄忒果然相约私会，二人才赴床榻，就一下子被那张精工巧制的罗网罩得结结实实，动弹不得。赫菲斯托斯立马邀请了众神前来，让众神一同目击奸情。

生性质朴的赫西俄德在《工作与时日 / 神谱》里谴责说：“爬上兄弟的床笫与其妻乱伦……神灵同样会贬斥他这些恶行。”[②]但这很可能是赫西俄德的一厢情愿。另据《奥德赛》记载，在这个尴尬时候，目击者阿波罗忽然问身边的赫耳墨斯：“你可愿被紧箍在坚实的网里？”赫耳墨斯坦率地答道：

---

① 《伊利亚特》中对赫菲斯托斯的描写是极为丰富的，参见〔古希腊〕荷马著《伊利亚特》，陈中梅译，译林出版社，2012 年，23 页、439 页。后世作家往往爱用这个神话人物去比喻腿脚不好的人，譬如在小说《简·爱》的结尾处，男主人公罗切斯特先生曾经自嘲像“一个道地的铁匠”。参见〔英〕夏洛蒂·勃朗特著《简·爱》，黄源深译，译林出版社，2010 年，445 页。

② 〔古希腊〕赫西俄德著《工作与时日 / 神谱》，张竹明、蒋平译，商务印书馆，1991 年，10 页。

哪怕无尽的罗网三倍于此箍我，

所有的神祇都来看视，连同女神一起——

我愿傍依金色的阿佛洛狄忒，在她身边睡寝。[1]

依后世之见，这个戏谑故事是在赞颂情爱的伟力，它完全凌驾在任何清规戒律之上。赫耳墨斯故而才能发自肺腑地回答出那样“恬不知耻”的话来。德国哲学家恩斯特·卡西尔（Ernst Cassirer）在其著作中表示，“荷马的神不表现道德理想，但他们表现非常具有特色的心灵理想。”[2] 由此可见，在古希腊人的眼中，神灵与人类一样，都是不完美且被欲望驱使的。

---

① 〔古希腊〕荷马著《奥德赛》，陈中梅译，译林出版社，2012 年，197 页。又可参见〔英〕基托著《希腊人》，徐卫翔、黄韬译，上海人民出版社，2006 年，34 页。又可参见〔德〕利奇德著《古希腊风化史》，杜昌忠等译，海豚出版社，2012 年，9 页、198 页。

② 〔德〕恩斯特·卡西尔著《论人——人类文化哲学导论》，刘述先译，广西师范大学出版社，2006 年，138 页。

3

下一个讨论主题是娼妓问题。弗洛伊德曾在其著作《精神分析引论》(*Vorlesungen zur einführung in die psychoanalyse*)中谈道:“假使我们要对这个宇宙的实在有所了解,便不得不低首下心,将好恶之感坦然置之度外。”[①]我们姑且以弗洛伊德所持之论作为理论出发点。

前文已经屡次提到,古希腊神话似乎反映出了一种淡化生殖关系的倾向,这种倾向在这里同样得到了展现。阿佛洛狄忒与娼妓有着千丝万缕的关系,她甚至在某种意义上成了娼妓的保护神。或者也可以这样理解,阿佛洛狄忒不仅护卫着“婚姻嫁娶的甜蜜”以及由婚姻带来的亲子关系,同时也对娼妓加以护卫,因为卖淫行为一般不会带来子嗣生养方面的烦恼。

① 〔奥〕弗洛伊德著《精神分析引论》,高觉敷译,商务印书馆,1984年,109页。

弗雷泽在《金枝》中考证道："塞浦路斯古时的习俗，妇女结婚前必须在阿佛洛狄忒、阿斯塔特或其他女神的圣殿里失身于外乡人。类似的习俗在西亚许多地方都很流行。无论这种习俗的动机如何，人们显然并不认为这是淫乱放荡行为，而是神圣的宗教义务，是为西亚伟大的母性女神服务。……利迪亚的特拉勒斯地方发现一篇希腊铭刻的文字，证实公元二世纪时宗教性卖淫习俗仍在希腊残存。"①

德国社会学家、哲学家格奥尔格·齐美尔（Georg Simmel，另译西美尔）在其著作《金钱、性别、现代生活风格》（*Money, Sex and Modern Mode of Life*）中表示："在许多原始文化中，卖淫根本不被人觉得有损个人尊严或社会地位。从古代亚洲同样可得知，为了赚取结婚嫁妆或者献给寺庙珠宝，有些女孩会欣然卖淫。"②

中国人民大学荣誉一级教授陈力丹则从讨论"贞操"的角度出发，陈述过这样的历史事实："古埃及、古巴比伦和古印度，都有年轻女性到爱神庙里居住几年，献身于路过男

---

①〔英〕弗雷泽著《金枝》，徐育新等译，大众文艺出版社，1998 年，480 页。类似考证，复可参见〔德〕利奇德著《古希腊风化史》，杜昌忠等译，海豚出版社，2012 年，411–413 页。

②〔德〕西美尔著《金钱、性别、现代生活风格》，刘小枫选编，顾仁明译，华东师范大学出版社，2010 年，87 页。

性的习俗，古称‘淫祀’，然后才能成婚为妻。先失去贞操，才能保住贞操，这是最早的贞操意识。”[①]注意行文中的“爱神庙”几个字，这传递了一个重要信息，爱神的圣殿恰恰就是卖淫场所，只不过，人们往往会加一个“祀”字在“献身行为”后面，感觉更神圣些。

斯托巴特的考证似乎就更详细了：“科林斯城堡有一座著名的阿佛洛狄忒神庙，那里聚集着信奉她的妓女，人数最多时超过 1 000 人，她们对古代商业旅行者充满了诱惑。只有富人才能前往科林斯，正如谚语所说：‘不是每个人都能去科林斯。’”[②]

通过上述引文，我们已经发现，娼妓作为一种社会现象，古已有之，而且很普遍，但娼妓行业并非现今理解的含义。

第一，古希腊时娼妓行业的规模并没有想象中的那么大。斯托巴特在上述引文中已然提到一个结论：不是每个人都能

① 陈力丹著《贞操带》，香港时代国际出版有限公司，2009 年，2–3 页。关于巴比伦的情况，可参见〔古希腊〕希罗多德著《希罗多德历史》（上、下），王以铸译，商务印书馆，1959 年，117–118 页。

② 〔英〕J. C. 斯托巴特著《光荣属于希腊》，史国荣译，上海三联书店，2011 年，129 页。关于科林斯的情况，复可参见〔美〕坦娜希尔著《历史中的性》，童仁译，光明日报出版社，1989 年，111 页。复可参见〔德〕恩格斯著《家庭、私有制和国家的起源》，中央马列编译局译，人民出版社，1999 年第 3 版，67 页。

去科林斯。也就是说，卖淫现象虽普遍，但规模总是较小，因为并非每个男人都有足够的钱去买春。中国学者潘绥铭也曾表达过这样的意思："娼妓业的'上帝'主要是纨绔子弟和泼皮浪子，而这类男人，在历史上一直就不是很多。"[①] 所以，基于这种考虑，的确不宜夸大卖淫现象在历史中所产生的影响。当然，用规模的大小、数量的多寡、影响的宏微作为标准来衡量一种行为或一种现象的对错与是非，这个评价思路也不是完全没有问题的。

那么这就来到了第二个问题。卖淫这个现象在当时的伦理环境下，似乎也不一定就是错误的。持这种看法的学者有一个总论点：在卖淫行为中，并没有受害者。[②] 这个观点的核心主旨是从法律而非伦理的视角来看待卖淫问题。英国政治思想家、哲学家、社会学家霍布豪斯（Hobhouse, L.T.）在其著作《自由主义》（*Liberalism*）里辩道："一种交易，只要是一个人自愿参与的，就不算对他不公正。"[③] 但法律永远是底线要求，因而不能与伦理标准同日而语。那么，这是不是相当于承认，卖

① 潘绥铭著《存在与荒谬——中国地下"性产业"考察》，群言出版社，1999 年，9 页。

② 李银河著《性文化研究报告》，江苏人民出版社，2003 年，200 页。

③ 〔英〕霍布豪斯著《自由主义》，朱曾汶译，商务印书馆，1996 年，44 页。类似的观点，可参见〔英〕边沁著《道德与立法原理导论》，时殷宏译，商务印书馆，2000 年，217 页。

淫是一件在法律上无可厚非但在伦理上应予强烈谴责的事情呢？一些学者对此依然持有异议。

那么这就来到了第三个问题。

就算抛开法律，仅从伦理的角度来看待卖淫行为也是不严谨的。因为，随着时间、空间的变化，伦理标准也是时刻在变化的，并没有什么通则可言。前文曾引述过弗雷泽的考证，卖淫行为在某些时候甚至被认为是神圣的。法国文艺理论家和史学家伊波利特·阿道尔夫·丹纳（Hippolyte Adolphe Taine）还讲过“在希腊争捧名妓的时代”[①]这样的话。卖淫在古希腊既神圣又时髦，因而阿佛洛狄忒愿意保护这种行为，甚至以性工作者保护神的面目出现在古希腊神话中。

对于上述这些错综复杂的问题，只有随着时代和观念的不断发展，才能得出各个时代相对完整的观点。抛开时间和空间讨论问题，显然是不符合历史价值观的。本节既然以弗洛伊德的论说作为理论出发点，此处不妨再以他的论说作为理论归宿点：

> 我们不是改良家，只是观察家；然而既要观察，便离不开批判。[②]

① 〔法〕丹纳著《艺术哲学》，傅雷译，天津社会科学院出版社，2004 年，541 页。
② 〔奥〕弗洛伊德著《精神分析引论》，高觉敷译，商务印书馆，1984 年，350 页。

4

阿佛洛狄忒与厄洛斯的关系，是我们要讨论的下一个具体话题。古希腊神话里有两个爱神，一个是阿佛洛狄忒，另一个就是厄洛斯。据考证，表示“爱”（love）的希腊词就是“厄洛斯”（eros）。“厄洛斯”意味着某种“激情般的快乐”（passionate joy），并可以相当自然地在与爱无涉的语境中使用。[①]那么，厄洛斯到底是谁呢？厄洛斯是丘比特吗？这个问题还真不好一锤定音。

林飘凉认为，厄洛斯是阿佛洛狄忒的小儿子；[②]英国学者斯托巴特认为，厄洛斯是一个裸体小男孩。[③]林飘凉和斯托巴特的观点基本一致，他们事实上认同厄洛斯就是丘比特的观点。但是，也有不一样的观点浮现出来。据《神谱》记载，厄洛斯

---

① 〔英〕基托著《希腊人》，徐卫翔、黄韬译，上海人民出版社，2006 年，246 页。

② 林飘凉著《神话星座》，云南人民出版社，2002 年，188 页。

③ 〔英〕J. C. 斯托巴特著《光荣属于希腊》，史国荣译，上海三联书店，2011 年，192 页。

是宇宙中最先诞生的几个神祇之一，和盖亚等神祇基本同时诞生。这样一个古老神祇，怎么可能是阿佛洛狄忒的儿子呢？

厄洛斯其实至少有两个。这一点很多书籍都没有明确写清楚，所以使读者感到莫名其妙。一位厄洛斯，是老爱神，他是一位白发苍苍的老人，《神谱》一开头就提到了，而且据说这位老爱神无性别，只是代表了宇宙间的一种冲动。美国研究比较神话学作家约瑟夫·坎贝尔（Joseph Campbell）在其著作《千面英雄》（*The Hero With A Thousand Faces*）一书中也承认厄洛斯是"第一个神"的观点。[①]

还有一位厄洛斯，则是小爱神，他是爱神阿佛洛狄忒的儿子，也有说法认为他不是，而是与阿佛洛狄忒平辈的。之所以有这样的争论，原因大概在于这位新爱神的形象并非一成不变。在希腊古典时期[②]，厄洛斯是以某种俊美少年的形象示人的，而且没有弓箭在手；到了希腊化时期[③]，厄洛斯的形

---

① 〔美〕约瑟夫·坎贝尔著《千面英雄》，黄珏苹译，浙江人民出版社，2016 年，134 页。

② 希腊古典时代（公元前 5—前 4 世纪中叶）是古希腊历史上的重要的历史时代。分两个时段，前期是民主城邦的繁荣昌盛时代，后期城邦制度则盛极而衰。——编者注

③ 希腊化时代（公元前 330—前 30 年）是从波斯帝国灭亡到罗马征服托勒密王朝为止的一段中近东历史时期，这段时期内地中海东部原有文明区域的语言、文字、风俗、政治制度等逐渐受希腊文明的影响而形成新的特点，在 19 世纪 30 年代后逐渐被西方史学界称为"希腊化时代"。——编者注

象才逐渐变为手持弓箭的小男孩的样子。[①] 作为孩童形象出现的厄洛斯，自然就很容易被认为是阿佛洛狄忒的儿子了。

一言以蔽之，爱神厄洛斯的形象，在古希腊神话谱系中是不太容易辨认的。当然，也正因如此，后世读者但凡提到爱神，第一直觉永远是美丽的阿佛洛狄忒，而一般不会想到旁人。

如前文所述，厄洛斯（丘比特）顽劣得有些过分，客观上制造了许多爱情悲剧或婚姻悲剧。譬如伊阿宋与美狄亚的最初钟情，就是厄洛斯（丘比特）当时拼命射箭的结果。[②] 再譬如潘神与绪任克斯的爱情纠葛，也是厄洛斯（丘比特）暗中射箭所致。

古希腊悲剧《安提戈涅》(*Antigone*) 中有一段合唱是专讲厄洛斯的：

厄洛斯啊，你是战无不胜的，
厄洛斯啊，你造成财富的流失，
你在少女柔嫩的脸颊上守夜；

---

① 参见〔法〕让－皮埃尔·韦尔南著《众神飞飏：希腊诸神的起源》，曹胜超译，中信出版社，2003 年，3 页。复可参见吴雅凌著《神谱笺释》，华夏出版社，2010 年，193–194 页。

②〔德〕施瓦布著《希腊神话故事》，刘超之、艾英译，宗教文化出版社，1996 年，95 页。

你游逛到海上，游逛到荒野人家，
没有一位神仙，没有一个朝生暮死的凡人，
能躲得过你的神箭。
谁碰上你谁就会疯狂。①

《伊菲革涅亚在奥利斯》则是这么说的：

适度地有节制地分享女神
阿佛洛狄忒赐给的婚姻之乐，
摆脱癫狂的纵欲，享有平静，
这种人的婚姻是幸福的。
相反，癫狂纵欲里
金发的爱神厄洛斯
拉开有魔力的弓，搭上双支的箭，
一支瞄准幸福，一支瞄准生活的混乱。②

总体来看，古希腊悲剧大多是对厄洛斯（丘比特）提出了批评。前后对照，阿佛洛狄忒所司领域似乎更为全面，有

① 〔古希腊〕埃斯库罗斯等著《古希腊悲剧喜剧集》（上、下），张竹明、王焕生译，译林出版社，2011 年，383–384 页。

② 同①：450 页。

刹那性欲的激情放纵，亦有长久婚姻的温柔平静。但厄洛斯（丘比特）似乎只知道纵欲与癫狂，却不知其他。西班牙的塞万提斯也在《堂吉诃德》中称丘比特为“通常被人们称为爱神的那个瞎小子”，[①] 并诙谐地讽刺道：“听说这爱神是个瞎眼娃儿。虽说他满眼都是眼屎——说得更明确一点，他就是个瞎眼……” [②] 前文提道，丘比特的情人普赛克（Psyche）为了找到丘比特，不得不完成维纳斯交给他的各项任务。[③] 而丘比特本人则被自己的母亲藏了起来，始终没有露面。从某个侧面上讲，丘比特对于自己的生活之途似乎自始至终都没有看清，塞万提斯讽刺丘比特“满眼都是眼屎”，倒是很有道理。

---

① 〔西班牙〕塞万提斯著《堂吉诃德》，屠孟超译，译林出版社，2011 年，809 页。

② 同①：820 页。

③ 参见〔美〕约瑟夫·坎贝尔著《千面英雄》，黄珏苹译，浙江人民出版社，2016 年，84 页。

5

说完了爱情，最后再来说说艺术。在古希腊神话中，确实是有艺术之神的：缪斯。据说，有9位缪斯（Muse）各司其职，[①] 她们是：卡利俄珀（Calliope）司英雄史诗，厄拉托（Erato）司竖琴和爱情诗，波吕许谟尼亚（Polyhymnia）司颂歌，欧忒耳佩（Euterpe）司抒情诗，塔利亚（Talia）司喜剧，墨尔波墨涅（Melpomene）司悲剧，忒耳浦西科瑞（Tersicore）司舞蹈，克利俄（Clio）司历史，乌剌尼亚（Urania）司天文学和数学。这9位艺术女神的父母分别是宙斯与记忆女神谟涅摩绪涅（Mnemosine）。《黑客帝国4：矩阵重启》（*The Matrix: Resurrections*）中那艘穿梭于不同世界之中的

---

① 这9位女神究竟所司何职，历来有争议。笔者下文中所采纳的是古希腊诗人赫西俄德在《神谱》中的说法。值得注意的是，关于这9位女神的排列顺序，《神谱》的说法与《俄耳甫斯教祷歌》的说法是一致的。参见吴雅凌编译《俄耳甫斯教祷歌》，华夏出版社，2006年，134–135页。

战舰就被命名为“谟涅摩绪涅”。

然而，作为艺术之神的缪斯，毕竟存在着两个显而易见的问题。第一，作为群体的神祇，在一定程度上丧失了本应有的具体化的人格特质；第二，在这9位缪斯中，有一些实在很难归入艺术的范畴，譬如天文学、历史、数学。外延的扩大必然导致内涵的缩小，这同样使得艺术之神不可避免地沦为面目模糊、性格不明的神祇。她们除了作为被古希腊诗人们广泛歌咏的创作灵感赋予者外，确实未能给人们留下持久且深刻的独特印象。

那么，究竟有没有一位面目较为清晰的艺术之神呢？其实是有的，这位神祇就是阿佛洛狄忒。美神何以是艺术之神？最关键、最核心的论据就是：艺术事实上等于美。美神自然而然也就是艺术之神。

“非功利性”一直以来是艺术学研究的基本概念，这个概念的思想渊源往往会上溯到康德、克罗齐等哲学家。克罗齐曾表示：“艺术作为艺术，是独立于效用及道德，即所有实践价值的。若没有这种独立性，就不可能谈论艺术的内在价值，因此也不可能设想美学科学，美学科学以审美活动的自主性作为必要条件。”[1] 克罗齐特别强调了艺术对于“效用”与“道德”的独立：独立于“效用”，即认为艺术无所谓“有用”或“无用”；独立于道德，即认为艺术无所谓“善”或“不善”。上述这样的观点对于艺术自身内涵的明确与勾勒显然有帮助，简单来讲，就是“艺术”是没有实际用处的，也不该有任何实际用处。与之相应，“美”的最大特点恰恰也是一样的：没有实际用处。

符号学资深学者俞建章、中国社会科学院研究员叶舒宪曾这样评论：

> 美神的出现正标志着人类思维及其符号的历史大分化，在自身的繁衍（生殖）和生存发展（丰产）等功利价值之上出现了非功利的美的价值。与自神话向哲学的转变几乎同时，艺术也迎来了以美为其终极指向的新的意义上的“起源”。自此以后，符号始终是朝着两个方向——实用符号和美的符号——发展演变的。一部文明

① 〔意大利〕贝内德托·克罗齐著《美学的理论》，田时纲译，中国人民大学出版社，2014年，100页。

人类的艺术史不妨看作是美的符号的发展史。[①]

学者们把“实用符号”与“美的符号”并举，这表示“美”其实就是“并非实用的”。在“非功利性”这个最关键、最核心的问题上，艺术与美，根本同一。艺术哲学与美学，也根本同一。那么，美之神同时作为艺术之神就完全说得通了。

不错，对于美和艺术的热爱与追求，应该是人类世界所独有的现象。人类从吃、喝、拉、撒、睡的日常世界中挣脱出来，不混杂丝毫的利害之心，从而升华到一种非功利的“美的境界”，这是人类的伟大进步，其标志恰恰是美神的出现。美是无实用的，艺术也是无实用的，但也正因其无实用，它才最富于超越感与宽容感，凌驾在凡俗生活之上，须仰望才见，恰如夜空中的熠熠星辰。

① 俞建章、叶舒宪著《符号：语言与艺术》，上海人民出版社，1988 年，163 页。当然，两位中国学者的此番观点，估计《古希腊众神的生活》的作者裘利亚·西萨、马塞尔·德蒂安并不同意。这两位法国学者反倒认为，美神的形象可能是古希腊诸神形象中成型最早的一个。参见〔法〕裘利亚·西萨、马塞尔·德蒂安著《古希腊众神的生活》，郑元华译，上海人民出版社，2008 年，155 页。这涉及神话发生学的若干深奥问题。

后　记

求　同

行文至此，不知不觉，赫拉克勒斯神话的一番游历与回溯，已近尾声。

西方文明有的时候被戏称为“二希”文明，即古希伯来文明与古希腊文明，这两个文明可被大致视为西方文明的源头。那么，当下的我们对于古希腊文明有所了解，自然并不是一件没有意义的事，它有助于我们了解西方，同时在更为广阔的视野之下再行审视自身。了解古希腊文明的途径当然很多，关注每隔4年举办的奥运会甚至也算是其中的一种，“奥林匹克精神”与“奥林匹斯山”这两个名词之间的关系是一望即知、一点就透的。

我们也因此看到了古老的东方文明与古希腊文明的相互了解、体认、接纳、交融的可能性与现实性。本书所选择的特殊途径则是：通过对赫拉克勒斯神话的回溯与讲述，力图向大家呈现古希腊文明的若干生动侧面。促进并倡导文化之间的了解、体认、接纳、交融，同样是本书写作之初衷。

大约100年前，瑞士心理学家卡尔·荣格（Carl Gustav Jung）曾向西方人介绍东方的生命哲学，他满怀虔诚地如此写道：

> 在我看来，强调东西方心灵状态和象征之间的一致性是最重要的，因为凭借这些类比可以开辟一条通往东方精神内在空间的道路。这条道路并不要求牺牲我们自己的本性，不会使我们面临失去依靠的危险，它也不是一架理智的望远镜或显微镜，向我们展示一些与我们没有根本关系、触动不了我们的东西。毋宁说，它是一切文明人所共有的承受、探求和努力的氛围，是自然加诸人类的关于觉醒的巨大实验，它将差异巨大的文化结合成一项共同的任务。[1]

① 〔瑞士〕荣格、〔德〕卫礼贤著《金花的秘密——中国的生命之书》，张卜天译，商务印书馆，2016年，62页。

由是观之，本书几乎可以被视作荣格虔诚之语的一个可能注脚，因为，赫拉克勒斯神话恰恰可以在某种程度上开辟一条通往西方精神内在空间的道路。西方的神话故事，深深地触动并感染了作为东方读者的我们，令我们不得不由衷感到，虽然文化之间差异巨大，但文化终归是自然加诸人类的关于自身觉醒的巨大实验，而对多元文化的探求、理解、体悟、追寻，也必定成为一切文明人所应携手完成的共同任务。

古希腊人说过，人类直立的姿势之所以是人独有的特征，是因为人与四足动物不同，不是向下盯着大地，而是能够举目自由凝视天空中的星辰！浩瀚星海，难道不时刻承载着人类共有的寄托与期待？无垠夜幕，广袤苍穹，人类对于星空的挚爱与热望，历久而弥新，从不曾止歇，亦不曾彷徨！

千年过往，复至未来，“这里发生的某些事，就像繁星满天的天空中发生的一样。”[①] 夜空中的熠熠星辰，所发生的光，已然照到了人们身上，温柔而恒长，将你我之心悄悄点亮。

① 〔德〕尼采著《善恶之彼岸：未来的一个哲学序曲》，程志民译，华夏出版社，2000年，208页。

参考文献

1. ARISTOTLE. Poetics[M]. New York: Dover Publications Inc., 1997.
2. BAUDELAIRE. The Flowers of Evil[M]. Middletown: Wesleyan University Press, 2006.
3. BENJAMIN. Selected Writings, Vol.3: 1935-1938[M]. Cambridge, London: The Belknap Press of Harvard University Press, 2002.
4. CHRISTIANS, FERRE, FACKLER. Good News: Social Ethics & The Press[M]. New York: Oxford University Press, 1993.
5. DUGGAN, HUNTER. Sex Wars: Sexual Dissent and Political Culture[M]. New York: Routledge, 2006.
6. LIDOV. Is Language a Music? Writings on Musical Form and Signification[M]. Bloomington, Indianapolis: Indiana University Press, 2005.
7. NIETZSCHE. Thus Spake Zarathustra[M]. New York: Dover Publications Inc., 1999.
8. PERRIS. Music As Propaganda: Art to Persuade, Art to Control[M]. Westport, London: Greenwood Press, 1985.

9. PLATO. The Symposium[M]. Cambridge: Cambridge University Press, 2008.
10. WAGMAN. Lost Stars[M]. Blacksburg: The McDonald & Woodward Publishing Company, 2003.
11. 阿伦特. 过去与未来之间 [M]. 王寅丽，张立立，译. 南京：译林出版社，2011.
12. 阿皮亚. 世界主义：陌生人世界里的道德规范 [M]. 苗华建，译. 北京：中央编译出版社，2012.
13. 埃科. 玫瑰的名字 [M]. 沈萼梅，刘锡荣，译. 上海：上海译文出版社，2015.
14. 埃斯库罗斯，等. 古希腊悲剧喜剧集：上、下 [M]. 张竹明，王焕生，译. 南京：译林出版社，2011.
15. 艾布拉姆斯. 镜与灯——浪漫主义文论及批评传统 [M]. 郦稚牛，等译. 北京：北京大学出版社，1989.
16. 艾柯. 开放的作品 [M]. 刘儒庭，译. 2 版. 北京：新星出版社，2010.
17. 艾伦. 媒介、风险与科学 [M]. 陈开和，译. 北京：北京大学出版社，2014.
18. 安德森. 比较的幽灵：民族主义、东南亚与世界 [M]. 甘会斌，译. 南京：译林出版社，2012.
19. 安德森. 想象的共同体：民族主义的起源与散布 [M]. 吴叡人，译. 上海：上海人民出版社，2016.
20. 奥古斯丁. 忏悔录 [M]. 周士良，译. 北京：商务印书馆，1963.
21. 奥勒留. 沉思录 [M]. 梁实秋，译. 天津：天津人民出版社，2017.

22. 巴塔耶. 色情史 [M]. 刘晖，译. 北京：商务印书馆，2003.
23. 巴特. 显义与晦义 [M]. 怀宇，译. 天津：百花文艺出版社，2005.
24. 拜伦. 拜伦诗选 [M]. 查良铮，译. 北京：人民文学出版社，2021.
25. 班扬. 天路历程 [M]. 周爱农，译. 芜湖：安徽师范大学出版社，2014.
26. 鲍曼. 工作、消费主义和新穷人 [M]. 郭楠，译. 上海：上海社会科学院出版社，2021.
27. 鲍桑葵. 美学史 [M]. 张今，译. 北京：商务印书馆，1985.
28. 贝尔. 资本主义文化矛盾 [M]. 严蓓雯，译. 南京：江苏人民出版社，2007.
29. 贝斯特. 艺术・情感・理性 [M]. 季惠斌，等译. 北京：工人出版社，1988.
30. 贝特朗. 媒体职业道德规范与责任体系 [M]. 宋建新，译. 北京：商务印书馆，2006.
31. 本尼迪克特. 文化模式 [M]. 王炜，等译. 北京：社会科学文献出版社，2009.
32. 本雅明. 迎向灵光消逝的年代——本雅明论艺术 [M]. 许绮玲，林志明，译. 桂林：广西师范大学出版社，2004.
33. 本雅明. 十四行诗 [M]. 王凡柯，译. 北京：人民文学出版社，2021.
34. 彼得斯. 交流的无奈——传播思想史 [M]. 何道宽，译. 北京：华夏出版社，2003.
35. 边沁. 道德与立法原理导论 [M]. 时殷宏，译. 北京：商务印书馆，

2000.
36. 波德莱尔．恶之花［M］．文爱艺，译．成都：四川人民出版社，2007.
37. 波罗．马可・波罗游记［M］．陈开俊，等译．福州：福建科学技术出版社，1981.
38. 伯林．浪漫主义的根源［M］．吕梁，等译．南京：译林出版社，2011.
39. 伯林．自由论［M］．胡传胜，译．南京：译林出版社，2011.
40. 柏格森．时间与自由意志［M］．吴士栋，译．北京：商务印书馆，1958.
41. 柏拉图．斐德若篇［M］．朱光潜，译．北京：商务印书馆，2018.
42. 柏拉图．蒂迈欧篇［M］．谢文郁，译注．上海：上海人民出版社，2003.
43. 柏拉图．斐多［M］．杨绛，译．沈阳：辽宁人民出版社，2000.
44. 柏拉图．理想国［M］．郭斌和，张竹明，译．北京：商务印书馆，1986.
45. 柏拉图．游叙弗伦 / 苏格拉底的申辩 / 克力同［M］．严群，译．北京：商务印书馆，1983.
46. 勃朗特．简・爱［M］．黄源深，译．南京：译林出版社，2010.
47. 博姆．道德的起源——美德、利他、羞耻的演化［M］．贾拥民，傅瑞蓉，译．杭州：浙江大学出版社，2015.
48. 博尔赫斯．诗艺［M］．陈重仁，译．上海：上海译文出版社，2015.
49. 布伯．我与你［M］．陈维纲，译．北京：商务印书馆，2015.

50. 布尔迪厄．关于电视［M］．许钧，译．北京：北京大学出版社，2020.
51. 布龙菲尔德．语言论［M］．袁家骅，等译．北京：商务印书馆，1980.
52. 陈久金．泄露天机——中西星空对话［M］．北京：群言出版社，2005.
53. 陈力丹．贞操带［M］．香港：香港时代国际出版有限公司，2009.
54. 陈力丹，闫伊默．传播学纲要［M］．北京：中国人民大学出版社，2007.
55. 陈卫星．传播的观念［M］．北京：人民出版社，2004.
56. 茨威格．昨日的世界——一个欧洲人的回忆［M］．舒昌善，等译．桂林：广西师范大学出版社，2004.
57. 达尔文．人类的由来［M］．潘光旦，胡寿文，译．北京：商务印书馆，1983.
58. 戴蒙德．枪炮、病菌与钢铁：人类社会的命运［M］．谢延光，译．上海：上海译文出版社，2016.
59. 戴维斯．音乐的意义与表现［M］．宋瑾，等译．长沙：湖南文艺出版社，2007.
60. 丹纳．艺术哲学［M］．傅雷，译．天津：天津社会科学院出版社，2004.
61. 但丁．神曲·地狱篇［M］．黄文捷，译．南京：译林出版社，2005.
62. 但丁．神曲·炼狱篇［M］．黄文捷，译．南京：译林出版社，2011.
63. 但丁．神曲·天堂篇［M］．黄文捷，译．南京：译林出版社，2011.
64. 道格拉斯．洁净与危险［M］．黄剑波，等译．北京：民族出版社，2008.

65. 德勒兹．批评与临床［M］．刘云虹，曹丹红，译．南京：南京大学出版社，2022.
66. 迪尔凯姆．社会学方法的准则［M］．狄玉明，译．北京：商务印书馆，1995.
67. 杜骏飞．弥漫的传播［M］．北京：中国社会科学出版社，2002.
68. 段义孚．恋地情结［M］．志丞，刘苏，译．北京：商务印书馆，2018.
69. 恩格斯．家庭、私有制和国家的起源［M］．中央马列编译局，译．3 版．北京：人民出版社，1999.
70. 费孝通．乡土中国 / 生育制度［M］．北京：北京大学出版社，1998.
71. 冯友兰．中国哲学简史［M］．北京：北京大学出版社，2013.
72. 弗莱．批评的解剖［M］．陈慧，等译．天津：百花文艺出版社，2006.
73. 弗雷泽．金枝［M］．徐育新，等译．北京：大众文艺出版社，1998.
74. 弗洛姆．爱的艺术［M］．赵正国，译．北京：国际文化出版公司，2004.
75. 弗洛伊德．精神分析引论［M］．高觉敷，译．北京：商务印书馆，1984.
76. 弗洛伊德．释梦［M］．孙名之，译．北京：商务印书馆，1996.
77. 福柯．知识考古学［M］．谢强，等译．2 版．北京：生活·读书·新知三联书店，2003.
78. 福柯．规训与惩罚［M］．刘北成，杨远婴，译．3 版．北京：生活·读书·新知三联书店，2007.

79. 福柯．疯癫与文明［M］．刘北成，杨远婴，译．3 版．北京：生活·读书·新知三联书店，2007.
80. 福柯．性经验史［M］．佘碧平，译．上海：上海人民出版社，2005.
81. 福柯．临床医学的诞生［M］．刘北成，译．南京：译林出版社，2001.
82. 高小康．人与故事［M］．北京：东方出版社，1993.
83. 高小康．大众的梦［M］．北京：东方出版社，1993.
84. 高小康．世纪晚钟［M］．北京：东方出版社，1995.
85. 歌德．浮士德［M］．绿原，译．北京：人民文学出版社，2014.
86. 格尔茨．文化的解释［M］．韩莉，译．南京：译林出版社，2014.
87. 格雷马斯．论意义：上、下［M］．冯学俊，吴泓缈，译．天津：百花文艺出版社，2005.
88. 格罗塞．艺术的起源［M］．蔡慕晖，译．2 版．北京：商务印书馆，1984.
89. 古迪．神话、仪式与口述［M］．李源，译．北京：中国人民大学出版社，2014.
90. 哈利里．麦卡姆词话［M］．王德新，译．北京：华文出版社，2017.
91. 哈林，曼奇尼．比较媒介体制：媒介与政治的三种模式［M］．陈娟，等译．北京：中国人民大学出版社，2012.
92. 哈桑．后现代转向［M］．刘象愚，译．上海：上海人民出版社，2015.
93. 哈耶克．科学的反革命——理性滥用之研究［M］．冯克利，译．南京：译林出版社，2003.

94. 海涅．德国，一个冬天的童话［M］．冯至，译．北京：人民文学出版社，2015.

95. 何鹏．北欧神话［M］．西安：陕西人民出版社，2016.

96. 和辻哲郎．风土［M］．陈力卫，译．北京：商务印书馆，2006.

97. 荷马．伊利亚特［M］．陈中梅，译．南京：译林出版社，2012.

98. 荷马．奥德赛［M］．陈中梅，译．南京：译林出版社，2012.

99. 赫伯迪格．亚文化：风格的意义［M］．陆道夫，胡疆锋，译．北京：北京大学出版社，2009.

100. 赫尔舍．古希腊艺术［M］．陈亮，译．北京：世界图书出版公司，2014.

101. 赫拉利．人类简史：从动物到上帝［M］．林俊宏，译．北京：中信出版社，2014.

102. 赫西俄德．工作与时日 / 神谱［M］．张竹明，蒋平，译．北京：商务印书馆，1991.

103. 赫伊津哈．游戏的人——文化中游戏成分的研究［M］．何道宽，译．广州：花城出版社，2007.

104. 亨廷顿．文明的冲突与世界秩序的重建［M］．周琪，等译．3 版．北京：新华出版社，2002.

105. 胡绳．从鸦片战争到五四运动：上、下［M］．北京：人民出版社，1981.

106. 胡泳．众声喧哗：网络时代的个人表达与公共讨论［M］．桂林：广西师范大学出版社，2008.

107. 华兹华斯．序曲或一位诗人心灵的成长［M］．丁宏为，译．北京：北京大学出版社，2017.

108. 华兹华斯，柯尔律治．华兹华斯 / 柯尔律治诗选［M］．杨德豫，译．北京：人民文学出版社，2001.
109. 怀特海．思维方式［M］．刘放桐，译．北京：商务印书馆，2006.
110. 黄裕生．摆渡在有－无之间的哲学：第一哲学问题研究［M］．北京：清华大学出版社，2019.
111. 惠特曼．草叶集［M］．邹仲之，译．上海：上海译文出版社，2016.
112. 霍布豪斯．自由主义［M］．朱曾汶，译．北京：商务印书馆，1996.
113. 霍布斯．利维坦［M］．黎思复，等译．北京：商务印书馆，1985.
114. 霍尔．超越文化［M］．何道宽，译．北京：北京大学出版社，2010.
115. 霍尔．无声的语言［M］．何道宽，译．北京：北京大学出版社，2010.
116. 霍尔．表征——文化表象与意指实践［C］．徐亮，陆兴华，译．北京：商务印书馆，2003.
117. 霍夫兰，等．传播与劝服：关于态度转变的心理学研究［M］．张建中，等译．北京：中国人民大学出版社，2015.
118. 霍克斯．结构主义和符号学［M］．瞿铁鹏，译．上海：上海译文出版社，1997.
119. 霍斯金．天文学简史［M］．陈道汉，译．南京：译林出版社，2013.
120. 基托．希腊人［M］．徐卫翔，黄韬，译．上海：上海人民出版社，2006.

121. 纪德．窄门［M］．顾琪静，译．天津：天津人民出版社，2018.
122. 济慈．济慈诗选［M］．屠岸，译．北京：人民文学出版社，1997.
123. 加登纳．艺术与人的发展［M］．兰金仁，译．北京：光明日报出版社，1988.
124. 加缪．西西弗神话［M］．沈志明，译．上海：上海译文出版社，2013.
125. 芥川龙之介．罗生门——芥川龙之介短篇小说选［M］．楼适夷，等译．南京：译林出版社，2010.
126. 金观涛．探索现代社会的起源［M］．北京：社会科学文献出版社，2010.
127. 卡尔维诺．树上的男爵［M］．吴正仪，译．南京：译林出版社，2012.
128. 卡洛尔．大众艺术哲学论纲［M］．严忠志，译．北京：商务印书馆，2010.
129. 卡斯特．网络社会的崛起［M］．夏铸九，等译．北京：社会科学文献出版社，2001.
130. 卡西尔．论人——人类文化哲学导论［M］．刘述先，译．桂林：广西师范大学出版社，2006.
131. 卡逊．寂静的春天［M］．许亮，译．北京：北京理工大学出版社，2015.
132. 凯勒．假如给我三天光明［M］．林海岑，译．南京：译林出版社，2012.
133. 坎贝尔．千面英雄［M］．黄珏苹，译．杭州：浙江人民出版社，2016.

134. 康德. 论优美感和崇高感 [M]. 何兆武，译. 北京：商务印书馆，2004.
135. 康奈尔. 男性气质 [M]. 柳莉，等译. 北京：社会科学文献出版社，2003.
136. 康帕内拉. 太阳城 [M]. 陈大维，等译. 2版. 北京：商务印书馆，1980.
137. 科尔曼，科尔曼. 父亲：神话与角色的变换 [M]. 刘文成，王军，译. 北京：东方出版社，1998.
138. 克尔凯郭尔. 非此即彼 [M]. 陈俊松，黄德先，译. 北京：光明日报出版社，2007.
139. 克罗齐. 历史学的理论和历史 [M]. 田时纲，译. 北京：中国人民大学出版社，2012.
140. 克罗齐. 美学的理论 [M]. 田时纲，译. 北京：中国人民大学出版社，2014.
141. 孔飞力. 叫魂：1768年中国妖术大恐慌 [M]. 陈兼，刘昶，译. 上海：上海生活·读书·新知三联书店，2014.
142. 库恩. 科学革命的结构 [M]. 金吾伦，胡新和，译. 2版. 北京：北京大学出版社，2012.
143. 拉斯韦尔. 社会传播的结构与功能 [M]. 何道宽，译. 北京：中国传媒大学出版社，2013.
144. 莱文森. 思想无羁 [M]. 何道宽，译. 南京：南京大学出版社，2003.
145. 赖斯. 美国性史 [C]. 杨德，等译. 北京：东方出版社，2004.
146. 朗格. 艺术问题 [M]. 滕守尧，朱疆源，译. 北京：中国社会科学出版社，1983.

147. 劳伦斯．重返伊甸园：劳伦斯诗选［M］．毕冰宾，译．北京：人民文学出版社，2018.

148. 勒维纳斯．塔木德四讲［M］．关宝艳，译．北京：商务印书馆，2002.

149. 李强．自由主义［M］．长春：吉林出版集团，2007.

150. 李特约翰．人类传播理论［M］．史安斌，译．北京：清华大学出版社，2004.

151. 李岩．传播与文化［M］．杭州：浙江大学出版社，2009.

152. 李银河．性文化研究报告［M］．南京：江苏人民出版社，2003.

153. 李银河．两性关系［M］．上海：华东师范大学出版社，2005.

154. 李银河．你如此需要安慰：关于爱的对话［M］．北京：当代世界出版社，2005.

155. 李永健．大众传播心理通论［M］．北京：中国传媒大学出版社，2008.

156. 理查兹．差异的面纱：文学、人类学及艺术中的文化表现［M］．如一，等译．沈阳：辽宁教育出版社，2003.

157. 里德．艺术与社会［M］．陈方明，王怡红，译．北京：工人出版社，1989.

158. 力强．星座与希腊神话［M］．北京：科学普及出版社，1980.

159. 利奥波德．沙乡年鉴［M］．侯文蕙，译．南京：译林出版社，2019.

160. 利奇德．古希腊风化史［M］．杜昌忠，等译．北京：海豚出版社，2012.

161. 联合国教科文组织．多种声音一个世界［R］．北京：中国对外翻译出版公司，1981.

162. 联合国教科文组织．文化多样性与人类全面发展——世界文化与发展委员会报告［R］．广州：广东人民出版社，2006.

163. 列维－斯特劳斯．野性的思维［M］．李幼蒸，译．北京：中国人民大学出版社，2006.

164. 列维－斯特劳斯．猞猁的故事［M］．庄晨燕，刘存孝，译．北京：中国人民大学出版社，2006.

165. 列维－斯特劳斯．看•听•读［M］．顾嘉琛，译．北京：生活•读书•新知三联书店，1996.

166. 林飘凉．神话星座［M］．昆明：云南人民出版社，2002.

167. 林少雄．视像与人——视像人类学论纲［M］．上海：学林出版社，2005.

168. 刘海龙．重访灰色地带：传播研究史的书写与记忆［M］．北京：北京大学出版社，2015.

169. 刘宏宇．呈现的真相和传达的策略：博物馆历史展览中的符号传播和媒介应用［M］．北京：人民日报出版社，2015.

170. 刘小枫．沉重的肉身［M］．北京：华夏出版社，2015.

171. 刘易斯．批评官员的尺度：《纽约时报》诉警察局长沙利文案［M］．何帆，译．北京：北京大学出版社，2011.

172. 刘易斯．文化研究基础理论［M］．郭镇之，等译．2版．北京：清华大学出版社，2013.

173. 卢卡奇．历史与阶级意识：关于马克思主义辩证法的研究［M］．杜章智，等译．北京：商务印书馆，1999.

174. 卢梭．论科学与艺术的复兴是否有助于使风俗日趋纯朴［M］．李平沤，译．北京：商务印书馆，2016.

175. 陆扬，王毅．文化研究导论［M］．上海：复旦大学出版社，

2006.
176. 罗尔斯．正义论［M］．何怀宏，等译．北京：中国社会科学出版社，1988.
177. 罗钢，刘象愚．文化研究读本［C］．北京：中国社会科学出版社，2000.
178. 罗兰．约翰•克利斯朵夫［M］．韩沪麟，译．南京：译林出版社，2011.
179. 罗念生．希腊漫话［M］．北京：北京出版社，2016.
180. 罗素．权威与个人［M］．储智勇，译．北京：商务印书馆，2010.
181. 洛克．教育漫话［M］．徐大建，译．北京：商务印书馆，2020.
182. 洛文塔尔．文学、通俗文化和社会［M］．甘锋，译．北京：中国人民大学出版社，2012.
183. 吕鹏．性属、媒介与权力再生产：消费社会背景下电视对男性气质的表征研究［M］．北京：北京理工大学出版社，2011.
184. 马尔库塞．爱欲与文明——对弗洛伊德思想的哲学探讨［M］．黄勇，薛民，译．上海：上海译文出版社，2008.
185. 马少华．想得很美：乌托邦的细节设计［M］．北京：中国青年出版社，2011.
186. 马斯阿迪．艾布•胡莱赖如是说［M］．王德新，译．北京：华文出版社，2018.
187. 马斯洛．动机与人格［M］．许金声，等译．北京：中国人民大学出版社，2012.
188. 马特拉，马特拉．传播学简史［M］．孙五三，译．北京：中国人民大学出版社，2008.

189. 马兹利什．文明及其内涵［M］．汪辉，译．北京：商务印书馆，2020.
190. 麦格雷．传播理论史：一种社会学的视角［M］．刘芳，译．北京：中国传媒大学出版社，2009.
191. 麦克因斯．男性的终结［M］．黄菡，周丽华，译．南京：江苏人民出版社，2002.
192. 曼古埃尔．阅读史［M］．吴昌杰，译．北京：商务印书馆，2002.
193. 曼海姆．意识形态与乌托邦［M］．黎鸣，等译．北京：商务印书馆，2000.
194. 梅罗维茨．消失的地域：电子媒介对社会行为的影响［M］．肖志军，译．北京：清华大学出版社，2002.
195. 梅洛－庞蒂．符号［M］．姜志辉，译．北京：商务印书馆，2003.
196. 梅特里．人是机器［M］．顾寿观，译．北京：商务印书馆，1959.
197. 弥尔顿．失乐园［M］．刘捷，译．上海：上海译文出版社，2012.
198. 米德．心灵、自我与社会［M］．霍桂桓，译．北京：华夏出版社，1999.
199. 米尔斯．社会学的想象力［M］．陈强，张永强，译．北京：生活•读书•新知三联书店，2001.
200. 摩尔根．古代社会：上、下［M］．杨东莼，等译．北京：商务印书馆，1977.
201. 莫里斯．乌有乡消息［M］．黄嘉德，译．北京：商务印书馆，1981.
202. 莫利，罗宾斯．认同的空间——全球媒介、电子世界景观与文化边界［M］．司艳，译．南京：南京大学出版社，2001.
203. 莫斯．礼物［M］．汲喆，译．北京：商务印书馆，2019.

204. 莫斯科维奇．群氓的时代［M］．许列民，等译．南京：江苏人民出版社，2003.
205. 莫滕森．跨文化传播学：东方的视角［C］．关世杰，胡兴，译．北京：中国社会科学出版社，1999.
206. 姆贝．组织中的传播和权力：话语、意识形态和统治［M］．陈德民，等译．北京：中国社会科学出版社，2000.
207. 穆勒．功利主义［M］．叶建新，译．北京：中国社会科学出版社，2009.
208. 尼采．悲剧的诞生［M］．赵登荣，译．桂林：漓江出版社，2007.
209. 尼采．善恶之彼岸：未来的一个哲学序曲［M］．程志民，译．北京：华夏出版社，2000.
210. 尼采．偶像的黄昏［M］．李超杰，译．北京：商务印书馆，2013.
211. 尼采．道德的谱系［M］．梁锡江，译．上海：华东师范大学出版社，2015.
212. 诺尔－诺依曼．沉默的螺旋：舆论——我们的社会皮肤［M］．董璐，译．北京：北京大学出版社，2013.
213. 帕特森，威尔金斯．媒介伦理学：问题与案例［M］．李青藜，译．北京：中国人民大学出版社，2006.
214. 潘绥铭．存在与荒谬——中国地下“性产业”考察［M］．北京：群言出版社，1999.
215. 潘知常，林玮．大众传媒与大众文化［M］．上海：上海人民出版社，2002.
216. 培根．新大西岛［M］．何新，译．北京：商务印书馆，2012.
217. 佩索阿．想象一朵未来的玫瑰：佩索阿诗选［M］．杨铁军，译．北京：中信出版社，2019.

218. 佩索阿．我的心迟到了：佩索阿情诗［M］．姚风，译．杭州：浙江文艺出版社，2020.

219. 彭聃龄．普通心理学［M］．4 版．北京：北京师范大学出版社，2012.

220. 彭磊．莎士比亚戏剧与政治哲学［C］．马涛红，等译．北京：华夏出版社，2011.

221. 皮珀．闲暇——文化的基础［M］．刘森尧，译．北京：新星出版社，2005.

222. 坡．爱伦・坡短篇小说集［M］．陈良廷，等译．北京：人民文学出版社，1998.

223. 普希金．叶甫盖尼・奥涅金［M］．冯春，译．上海：上海译文出版社，2018.

224. 齐林斯基．媒体考古学［M］．荣震华，译．北京：商务印书馆，2006.

225. 乔伊斯．尤利西斯［M］．萧乾，文洁若，译．南京：译林出版社，2010.

226. 青木保．异文化理解［M］．于立杰，等译．北京：中国青年出版社，2008.

227. 荣格，卫礼贤．金花的秘密——中国的生命之书［M］．张卜天，译．北京：商务印书馆，2016.

228. 萨默瓦，波特．跨文化传播［M］．闵惠泉，等译．北京：中国人民大学出版社，2004.

229. 塞尔登．文学批评理论：从柏拉图到现在［C］．刘象愚，等译．北京：北京大学出版社，2003.

230. 塞万提斯．堂吉诃德［M］．屠孟超，译．南京：译林出版社，2011.

231. 色诺芬. 希腊史［M］. 徐岩松，译. 上海：上海生活·读书·新知三联书店，2013.

232. 沙莲香. 传播学——以人为主体的图象世界之谜［C］. 北京：中国人民大学出版社，1990.

233. 莎德瓦尔德. 古希腊星象说［M］. 卢白羽，译. 上海：华东师范大学出版社，2008.

234. 莎士比亚. 暴风雨［M］. 朱生豪，译. 北京：中国青年出版社，2013.

235. 莎士比亚. 莎士比亚十四行诗［M］. 梁宗岱，译. 北京：人民文学出版社，2020.

236. 施拉姆，波特. 传播学概论［M］. 何道宽，译. 北京：中国人民大学出版社，2010.

237. 施瓦布. 希腊神话故事［M］. 刘超之，艾英，译. 北京：宗教文化出版社，1996.

238. 史蒂文森. 认识媒介文化——社会理论与大众传播［M］. 王文斌，译. 北京：商务印书馆，2001.

239. 司徒卢威. 古代的东方［C］. 陈文林，等译. 北京：人民教育出版社，1955.

240. 斯宾塞. 社会静力学［M］. 张雄武，译. 北京：商务印书馆，1996.

241. 斯蒂芬尼德斯，斯蒂芬尼德斯. 希腊神话全书：典藏版［M］. 彭萍，等译. 北京：中译出版社，2021.

242. 斯费兹. 传播［M］. 朱振明，译. 北京：中国传媒大学出版社，2007.

243. 斯密. 道德情操论［M］. 蒋自强，等译. 北京：商务印书馆，1997.

244. 斯托巴特. 光荣属于希腊［M］. 史国荣，译. 上海：上海生活·读书·新知三联书店，2011.
245. 松田行正. 圆与方［M］. 黄碧君，译. 北京：中央编译出版社，2014.
246. 宋昭勋. 非言语传播学［M］. 上海：复旦大学出版社，2008.
247. 梭罗. 瓦尔登湖［M］. 许崇信，林本椿，译. 南京：译林出版社，2011.
248. 索绪尔. 普通语言学教程［M］. 高名凯，译. 北京：商务印书馆，1980.
249. 塔拉斯蒂. 音乐符号［M］. 陆正兰，译. 南京：译林出版社，2015.
250. 泰戈尔. 飞鸟集［M］. 郑振铎，冰心，译. 南京：译林出版社，2010.
251. 泰勒. 原始文化：神话、哲学、宗教、语言、艺术和习俗发展之研究［M］. 连树声，译. 桂林：广西师范大学出版社，2005.
252. 泰勒，威利斯. 媒介研究：文本、机构与受众［M］. 吴靖，黄佩，译. 北京：北京大学出版社，2005.
253. 泰西埃. 大预测［M］. 白巨，译. 北京：作家出版社，1996.
254. 坦娜希尔. 历史中的性［M］. 童仁，译. 北京：光明日报出版社，1989.
255. 汤因比. 历史研究：上、下［M］. 郭小凌，等译. 上海：上海人民出版社，2010.
256. 唐诺. 文字的故事［M］. 上海：上海人民出版社，2010.
257. 陶东风，和磊. 文化研究［M］. 桂林：广西师范大学出版社，2006.

258. 特纳，瑞杰克．社会与文化：稀缺和团结的原则［M］．吴凯，译．北京：北京大学出版社，2009.

259. 涂尔干．乱伦禁忌及其起源［M］．汲喆，等译．上海：上海人民出版社，2006.

260. 托夫勒．第三次浪潮［M］．朱志焱，等译．北京：生活•读书•新知三联书店，1983.

261. 托克维尔．论美国的民主：上、下［M］．董果良，译．北京：商务印书馆，1988.

262. 陀思妥耶夫斯基．卡拉马佐夫兄弟：上、下［M］．荣如德，译．上海：上海译文出版社，2015.

263. 王路．逻辑与哲学［M］．北京：清华大学出版社，2019.

264. 王小波，李银河．东宫•西宫——调查报告与未竟稿精品集［M］．西安：陕西师范大学出版社，2006.

265. 王怡红．人与人的相遇——人际传播论［M］．北京：人民出版社，2003.

266. 维纳．人有人的用处——控制论和社会［M］．陈步，译．北京：商务印书馆，2011.

267. 韦伯．新教伦理与资本主义精神［M］．彭强，黄晓京，译．西安：陕西师范大学出版社，2002.

268. 韦尔南．众神飞飏：希腊诸神的起源［M］．曹胜超，译．北京：中信出版社，2003.

269. 韦纳．古希腊人是否相信他们的神话：论构建的想象［M］．张竝，译．上海：华东师范大学出版社，2014.

270. 翁昌寿．理解文化产业：网络时代的文化与意义生产研究［M］．北京：中国广播影视出版社，2016.

271. 沃特森. 多元文化主义［M］. 叶兴艺，译. 长春：吉林人民出版社，2005.

272. 吴存存. 明清社会性爱风气［M］. 北京：人民文学出版社，2000.

273. 吴雅凌. 俄耳甫斯教祷歌［C］. 北京：华夏出版社，2006.

274. 吴雅凌. 神谱笺释［M］. 北京：华夏出版社，2010.

275. 吴志翔. 肆虐的狂欢——传媒美学谈［M］. 武汉：武汉大学出版社，2006.

276. 西美尔. 金钱、性别、现代生活风格［M］. 顾仁明，译. 上海：华东师范大学出版社，2010.

277. 西萨，德蒂安. 古希腊众神的生活［M］. 郑元华，译. 上海：上海人民出版社，2008.

278. 希罗多德. 希罗多德历史：上、下［M］. 王以铸，译. 北京：商务印书馆，1959.

279. 细见和之. 阿多诺——非同一性哲学［M］. 谢海静，等译. 石家庄：河北教育出版社，2002.

280. 夏尔克. 罗马神话［M］. 曹乃云，译. 南京：译林出版社，2010.

281. 薛定谔. 自然与希腊人/科学与人文主义［M］. 张卜天，译. 北京：商务印书馆，2020.

282. 雪莱. 雪莱抒情诗选［M］. 查良铮，译. 北京：人民文学出版社，1958.

283. 雅斯贝斯. 时代的精神状况［M］. 王德峰，译. 上海：上海译文出版社，2013.

284. 亚里士多德. 天象论/宇宙论［M］. 吴寿彭，译. 北京：商务印书馆，1999.

285. 闫伊默．仪式传播与认同研究［M］．北京：知识产权出版社，2014.
286. 杨琼．中国语境下科幻文学的文体建构［M］．广州：广东高等教育出版社，2020.
287. 尧斯．审美经验论［M］．朱立元，译．北京：作家出版社，1992.
288. 叶舒宪．结构主义神话学［C］．西安：陕西师范大学出版社，1988.
289. 叶芝．当你老了［M］．宋龙艺，译．北京：北京理工大学出版社，2015.
290. 伊格尔顿．沃尔特・本雅明或走向革命批评［M］．郭国良，陆汉臻，译．南京：译林出版社，2005.
291. 伊拉斯谟．愚人颂［M］．许崇信，等译．南京：译林出版社，2010.
292. 伊尼斯．变化中的时间观念［M］．何道宽，译．北京：中国传媒大学出版社，2013.
293. 伊索．伊索寓言全集［M］．李汝仪，译．南京：译林出版社，2010.
294. 尹鸿，李彬．全球化与大众传媒：冲突、融合、互动［C］．北京：清华大学出版社，2002.
295. 余虹．艺术与归家——尼采・海德格尔・福柯［M］．北京：中国人民大学出版社，2005.
296. 俞建章，叶舒宪．符号：语言与艺术［M］．上海：上海人民出版社，1988.
297. 雨果．悲惨世界：上、下［M］．潘丽珍，译．南京：译林出版社，

2010.

298. 袁珂．中国神话传说［M］．北京：北京联合出版公司，2016.

299. 詹姆斯．天体的音乐——音乐、科学和宇宙自然秩序［M］．李晓东，译．长春：吉林人民出版社，2003.

300. 中央美术学院美术史系外国美术史教研室．外国美术简史［M］．2 版．北京：高等教育出版社，1998.

301. 周勇．影像背后：网络语境下的视觉传播［M］．北京：中国传媒大学出版社，2014.

302. 朱光潜．谈美 / 文艺心理学［M］．北京：中华书局，2012.

303. 朱谦之．文化哲学［M］．北京：商务印书馆，1990.

学术平台支持

本作品受到以下学术平台（或项目）的鼎力支持，特予说明，并致谢：

——中国人民大学新闻与社会发展研究中心“传播基础理论与话语学术创新”项目；

——中国人民大学马克思主义新闻观研究中心。